赵丽宏
· 艺品三部曲 ·

夜半琴声

MIDNIGHT MELODY

赵丽宏——著

中国大百科全书出版社

图书在版编目（CIP）数据

夜半琴声 / 赵丽宏著 . —北京：中国大百科全书
出版社，2020.9
　（赵丽宏艺品三部曲）

ISBN 978-7-5202-0820-8

Ⅰ. ①夜… Ⅱ. ①赵 … Ⅲ. ①散文集—中国—当代
Ⅳ. ① I267

中国版本图书馆 CIP 数据核字（2020）第 162428 号

出 版 人	刘国辉
策划编辑	李默耘
责任编辑	李现刚
责任印制	李　鹏
图片整理	含　章
装帧设计	周伟伟
出版发行	中国大百科全书出版社
地　　址	北京阜成门北大街 17 号
邮　　编	100037
网　　址	http://www.ecph.com.cn
电　　话	010-88390659
印　　刷	太原日报传媒集团有限公司
开　　本	889 毫米 ×1194 毫米　1/32
字　　数	172 千字
印　　张	8.25
版　　次	2020 年 9 月第 1 版
印　　次	2021 年 1 月第 1 次印刷
定　　价	59.00 元

本书如有印装质量问题，请与出版社联系调换

艺术是什么
——代序

赵丽宏

　　艺术是什么？这样的问题，艺术家也未必能精确地回答，因为艺术的内涵和外延，实在太丰富了，绝非三言两语所能概括。我查过 2009 年版《辞海》上的"艺术"条目，字数不少，很复杂，不过基本上把艺术的内涵和外延作了解释。《辞海》的词条，应该具有权威性，不妨抄录在此：

　　人类以情感和想象为特性的把握世界的一种特殊方式，即通过审美创造活动再现现实和表现情感理想，在想象中实现审美主体和审美客体的互相对象化。具体说，它是人们生活世界和精神世界的再创造，也是艺术家知觉、情感、理想、意念综合心理活动的有机产物。作为一种审美性的社会意识形态，艺术主要是满足人们多方面的审美需要，从而在社会生活尤其是人类精神领域内起着潜移默化的作用。根据表现手段和方式的不同，可分为表演艺术（音乐、舞蹈）、造型艺术（绘画、雕塑、建筑）、语言艺术（文学）和综合艺术（戏剧、影视）。根据作品形态的时空性质，又可分为时间艺术（音乐）、空间艺术（绘画、雕塑、建筑）和时空艺术（文学、戏剧、影视）。根据作品的感知特点，又可分为视觉艺术（美术）、听觉艺术（音乐）和视听艺术（表演）。

读这样的概念，我总觉得和生活中的艺术隔着很远一段距离。我想，面对这类理性十足的文字，大概会使很多原本热爱艺术的人也望而生畏。何为"审美主体和审美客体的互相对象化"？什么是"知觉、情感、理想、意念综合心理活动的有机产物"？恐怕越解释越使人糊涂。关于艺术的分类，有道理，但也难以将千缕万脉的分支归纳得清晰而合理。

其实，艺术对日常生活的影响和参与无所不在。在人类发展的漫长历史中，人类的艺术活动和追求大概是贯穿始终的。我们在山洞和崖壁上发现的远古时代的壁画，那是祖先以艺术的方式记载他们的生活和历史，而比这些岩画更早的艺术，我们看不到，但可以想见，先祖们在火光中呐喊、舞蹈、敲打石块和棍棒……那是人类最初表达快乐、痛苦和悲伤的艺术行为。不同时代的艺术，凝聚了不同时代人类的智慧和情感。我想，原始人类在崖壁上刻出的壁画和现代画家的油画没有本质上的差别，古人的石磬、编钟和现代人的小提琴、电子琴的功能也同出一辙，荒蛮时期人们在野外的即兴舞蹈和今天大剧院里演出的芭蕾也属于同类。如果把人类的历史比作一辆长途车，艺术像润滑剂，像车上的装饰和鸣响器，有了这些，这辆车的前行就变得有声有色。随着社会的发展，生活的进步，人类的想象力和创造力也在不断地变化进展，艺术从本能的宣泄演变为文明人类精神生活的必需。生活造就了无数艺术家，艺术家的创造，也丰富美化了人类的生活。当欧洲的莫扎特在穷困潦倒中谱写他那些不朽的美妙旋律时，中国的郑板桥、金农和其他几位"扬州八怪"成员，正在用他们的画笔宣泄愤世嫉俗的激情。他们身处不同的地域，不同的人物，不同的性格，不同的文化背景，创造出不同的艺术，然而时隔二百余年，这些艺术依然在世界上流传，依然在给不同的人群带来欢乐和激情，带来连绵不绝的遐想。艺术打破了时空的界限，使暗淡的人生变得有了光彩。艺术在潜移默化中提升着我们的情趣，扩展着我们的想象力。我想，所谓的想象力，其实很多时候是来自艺术的影响，相信每个人都可能有这样的经验。童年时代，我曾经住在一间漏雨的阁楼上，两天过后，天花板上的水迹，竟使我产生无数奇妙的联想，在有机会参观美术馆，读到那些世界名画的画册之前，天花板上那些变幻无穷的水迹诱导我伸展想象之翼，带我上天入地，使我在凝视和遐想中成为艺术的参与者和创造者。现在，我拥有上千张唱片，可以通过音响设备一刻不停地欣赏我喜欢的音乐，这自然是品尝艺术。但在童年时代，我能回忆起的最美妙的音乐，却是街头和弄堂里小贩的叫卖声和修牙刷修雨伞的吆喝声。将水迹、叫卖声与艺术联系在一起，有点像开玩笑，但这样的联想不是空穴来风，它们源自对绘画和音乐的爱好。伏尔泰说："所有的艺术都是亲兄弟，每一种艺术都能给另一种艺术以启迪。"生活中的情形正是如此。

我不是艺术家，也不是艺术评论家，只是一个艺术爱好者。这几本书，是我作为一个艺术爱好者的体会和感想，其中有对音乐的感受，有对绘画雕塑的欣赏，也涉及戏曲、舞蹈及其他，当然，还有我更为熟悉的文学。这反映了我个人的喜好。如果说人类创造的美好艺术如同一片浩瀚的海洋，我就像一个在海边悠闲踱步的游人，海潮冲上沙滩时，在我的脚背上溅起晶莹的水花。这些水花并不能说明海的浩瀚，却传达了一个爱海者的陶醉和欣悦。我想，这几本书里的文章，不过是几朵水花而已。如果读者能从这些水花的闪动和喧哗中，引起一些感情上的共鸣，从而激起对艺术的兴趣和爱好，对我来说就是莫大的荣幸了。

多年前，我曾经写过一篇短文，题目是《艺术是什么》，我试图用自己的话语，对艺术和人类生活之间的关系作一点描绘，关于"艺术是什么"这样的问题，我的文字无力作答，但它们表达了我对艺术至高境界的憧憬和向往：

人类用智慧、情感和美妙的幻想培育出的奇花异草，使单调平淡的生活充满了诗意。这些奇花异草，便是艺术。

假如生活是一片晴朗蓝天，艺术犹如蓝天上的云霞。它们时而洁白如雪，时而五彩缤纷，时而轻盈如柔曼的丝絮，时而辉煌如燃烧的烈火……如果没有它们，空荡荡的天空会显得多么寂寥。

假如人生是一条曲折的路，艺术就是路边的花树和绿草。大自然的花草会凋谢，艺术的花草却永远新鲜美丽。无论你喜欢浓艳或者淡雅，大红大紫如牡丹勺药，素洁清幽如腊梅莲荷，甚至是野草丛中一束雪青的矢车菊，你尽可以随手采摘，或观其色，或闻其香，或赏其形……一花在手，旅途的寂寞就会烟消云散。

在黑暗的时刻，艺术会在你的心头燃起晶莹而灿烂的火苗，火光里，你憧憬和梦幻中的一切奇丽美妙的景象都可能一一出现，就在你为之由衷惊叹时，艺术悄悄地把你引出了灰色的迷途……

在寂静的时刻，艺术会化作无数闪闪发光的音符，在你的周围翩翩起舞……

在喧嚣的时刻，艺术会化作一缕缕清风，洗涤你心头的浮躁和烦恼……

艺术是一个忠实而又多情美丽的朋友，假如你曾经迷恋过她，追求过她，热爱过她，她就永远不会离开你。当你的朋友们全都拂袖而去时，她仍会一如既往地留在你的身边，在寂寞中为你歌唱，在孤独时伴你远行……

庚子年春三月于上海四步斋

目 录

音乐的光芒

深夜。无月，无风。带木栅栏的小窗外，合欢树高大的树冠犹如张开着巨臂的人影，纹丝不动，贴在墨一般深蓝的天幕上。一颗暗淡的星星孤独地挂在树梢上，像凝固在黑色人影上的一粒冰珠，冷峻而肃穆。

静。静得使人想到死亡。思绪的河流也因之干涸，没有涟漪，没有飞溅的水花，没有鱼儿轻盈的穿梭……只有自己沉闷的呼吸，沉闷得像岩石，像龟裂的土地，像无法推动的铁门。难熬的寂静。这时，突然有一种极轻微的声音从远处飘来，仿佛有一个小提琴手将弓轻轻地落到 E 弦上，又轻轻地拉了一下。这过程是那么短促，我还没有来得及品味其中的韵律，声音已经在夜空里消失。世界复又静寂。在我的小草屋里，这响动却留下了回声，一遍又一遍，委婉沉着地回荡着，回荡成一段优美的旋律，优美中蕴含着淡淡的忧伤，也流淌着梦幻一般的欣喜。眼前恍惚有形象出现：一个黑衣少女，伫立在月光下，拉一把金黄色的小提琴，曲子是即兴的，纤手操持着轻巧的弓，在四根银弦上自由自在地跳跃滑行，音符奇妙地从弓弦下飘起来，变成一阵晶莹的旋风，先是绕着少女打转，少女黑色的长裙在旋风中翩然起舞，旋风缓缓移动，所达之处，一片星光闪烁。渐渐地，我也在这旋风的笼罩之中了。我仿佛走进了一个辉煌的音乐厅，无数熟悉的旋律在我耳畔光芒四射地响起来。钢琴沉静地弹着巴赫，长笛优雅地吹着莫扎特，交响乐队大气磅礴地合奏着贝多芬……也有洞箫和琵琶，娓娓述说着古老的中国故事……

终于，一切都消失了，万籁俱寂，只剩下我坐在木窗下发呆。窗外，合欢树的黑影被镀上一层亮晶晶的银边。月亮已经悄悄升起……

以上的经验，距今已有二十多年，那时我孤身一人住在荒僻乡野的一间小草屋里，度过了无数寂静的长夜。静夜中突然出现的那种声音，其实是附近的人家在开门，破旧的木门被拉动时，门臼常常发出尖厉的摩擦声，但从远处听起来，这尖厉的声音便显得悠扬而奇妙，使我生出很多不切实际的幻想。门臼的转动和美妙的音乐，两者毫不相干，把它们联系在一起，似乎很荒唐，然而却又是那么自然。一次又一次，我独自沉浸在对音乐的回忆中，这种回忆如同灿烂的星光洒进我灰暗的生活，使我在坎坷和泥泞中依然感受到做一个人的高尚和珍贵。

是的，如果要我感谢什么人，而且只能感谢一次，那么，我想把这一次感谢奉献给那些为人类创造出美妙音乐的人。倘若没有音乐，我们的生活将会变得多么沉闷可怕。我曾经请一位作曲家对音乐下一个定义，他几乎是不假思索地答道："什么是真正的音乐？音乐是人类的爱和智慧的升华，是人类对理想的憧憬和呼唤。"他的回答使我沉思了很久。这回答当然不错，可是用这样的定义来解释其他艺术，譬如绘画和舞蹈，似乎也未尝不可。但音乐毕竟不同

Evening Landscape with Rising Moon by Vincent van Gogh
《月出时分》 凡·高

月亮已经悄悄升起⋯⋯

于其他艺术。音乐把人类复杂微妙的感情和曲折丰富的经验化成了无形的音符，在冥冥之中回响，它们抚摸、叩动、撞击甚至撕扯着你的灵魂，使浮躁的心灵恢复宁静，使干涸的心田变得湿润，也可以让平静的心灵掀起奇妙的波澜。音乐对听者毫无要求，它们只是在空间鸣响，而你却可以将这鸣响变成翅膀，安插到自己的心头，然后展翅翱翔，飞向你所向往的境界……而其他艺术则难以达到这样的境界。音乐是自由的，又是无所不在的。有什么记忆能比对音乐的记忆更为深刻，更为顽强，更为恒久呢？这种记忆不会因岁月的流逝而失去它应有的色彩。当你被孤寂笼罩的时候，能够打开这记忆的库藏是一种莫大的幸运。你有没有这样一个音乐库藏呢？如果有，那么你或许会理解，一扇木门的响动，怎么会变成优美的小提琴独奏。你的生活中曾经有过美妙的音乐，你的心曾经为美妙的音乐而震颤陶醉，那么，这些曾使你动情的旋律便会融化在你的灵魂里。一个浸透了动人音乐的灵魂是不会被空虚吞噬的。

是的，我常常陶醉在美妙的音乐里，我常常不去想这音乐究竟表达什么内容，有些旋律永远无法用语言来解释，只能用你自己的心灵和思想去感受，去体会，去遐想。而这种无拘无束、自由自在的遐想，是人生旅途中何等诗意盎然的境界。

我想起了我喜欢的一位中国指挥家侯润宇，他曾周游列国，在国际乐坛上为中国人争得了荣誉。我一直无法忘记他指挥的一场交响音乐会。这是一位瘦小而文静的中年人，在生活中并不起眼，和那些用夸张的动作和表情站在乐队前手舞足蹈的指挥相比，他实在太文雅太安静了。但他能用心灵感受音乐，理解音乐，表现音乐，他的精神中充满了音乐。当他站到庞大的乐队前面，不慌不忙地举起指挥棒时，他就像一个骄傲而威严的大将军面对着他的千军万马……

那场音乐会演奏的是瓦格纳的歌剧《唐豪赛》序曲。侯润宇用他那根小小的指挥棒，挑出了惊天动地的声音。我在音乐中闭上眼睛，想透过轰鸣的旋律寻找《唐豪赛》中的人物，然而我失败了。我的眼前既未走来朝圣的信徒，也没有舞出妖媚的仙女，那位在盛宴上放歌豪饮的英雄更是无影无踪。我在音乐中感觉到毫不相干的一种景象。被轰鸣的旋律簇拥着，我仿佛又走到了二十年前曾常常走的一道高耸的江堤上。灰色的浓云低低地压在我的头顶，眼前是浩瀚无际的长江入海口。浑黄的江水在云天下起伏翻滚，发出低沉的咆哮，巨大的浪头互相推挤着，成群结队地向我扑来。巨浪一个接一个轰然打到堤坝上，又被撞成水花和白雾，飞飘到空中，飞溅到我的身上。我整个身心逐渐湿润了，清凉了，郁积在心底的忧愁和烦恼在轰鸣的涛声中化成了轻烟，化成了白色的鸥鸟，振抖着翅膀翔舞在水天之间。浓重的铅云开裂了，露出了缝隙，一道阳光从缝隙中射进来，射在起伏的水面上，波浪又把阳光反射到空中。我在一片光明的包围之中了……

人生妙境

　　人生的美妙境界是什么？

　　这个问题也许并不那么简单。在我，却可以毫不犹豫地回答：是沉醉在优美的音乐之中。当无形的音符在冥冥之中翩然起舞，汇成激动人心的旋律把你包围，把你笼罩，把你淹没时，你会忘记人世间的烦恼。你的心会变成鸟，轻盈地飞翔在音乐构成的天空中；你的灵魂会变成鱼，自由自在地游弋于音乐汇成的河流里……你会融化在音乐中，仿佛自己也化成了音符，化成了音乐的一部分。音乐会使你微笑，使你流泪，使你不由自主地发出深深的叹息，这一切都令人陶醉。音乐像大热天里的丝丝凉雨，轻轻地掸落那飘浮在你心里的灰尘……

　　音乐无求于你，它只是在空中鸣响。假如你的听觉和心灵之间有一根弦渴望着被拨动，那么，音乐就会变成许多灵巧的手指，把你的心弦弹拨，于是，你的心中便会有绵绵不绝的美妙回响……

　　当然，音乐，是一个内涵极为丰富的大范畴，个人的兴趣不可能包罗万象。不同的人心目中会有不同的美妙音乐。如果说，凡是音乐便能使我陶醉，那显然荒唐。我喜欢西方古典音乐，譬如，巴赫的庄重安详，贝多芬的热情雄浑，莫扎特的优美典雅，肖邦的飘逸忧伤，柴科夫斯基的深沉委婉……我的心弦无数次地在他们的音乐中颤动。这些音乐，是人类智慧和感情的最美丽的结晶。作曲家将人类的高尚理想和美好情绪转换成了旋律，这样的旋律无疑是音乐中的精华。我以为，就这一点来看，这些伟大的古典音乐家的成就已经到了登峰造极的程度，就像中国人用五言或七言来作诗，想要超过李白、杜甫他们一样的不易。我的观念也许陈旧，但我无法改变它。对那些嘈杂的所谓现代音乐，我怎么也喜欢不起来，它们使我烦躁。我理解中的好音乐应该使人宁静，引人走向美妙的境界。这样的境界在你的人生经历中也许曾出现过，音乐便使你重温这些境界；这样的境界也许只是你的幻想，只是你的梦，你在生活中不可能抵达这境界，而音乐使你的美梦成真。

童年时代的我做过很多梦，其中最强烈最执着的一个，便是有朝一日成为一位音乐家。然而这种向往始终只是一个梦，可望而不可即。

童年时对音乐的迷恋非常具体，那就是对乐器的迷恋。那些拥有乐器并且能熟练地演奏它们，以此来倾吐丰富的内心情感的人，曾是我心目中幸运而又幸福的人。那时最令我讨厌的事情是跟大人去商店购物，当大人们在货架上兴致勃勃地挑选商品，而我只能在一边等着时，那真是索然无味到了极点。但有一种商店让我心驰神往，永远不会讨厌，毫无疑问，那是乐器铺。不管是卖新乐器的商店，还是寄售乐器的旧货商店，我都是百观不厌。欣赏着橱窗里的小提琴、手风琴、小号、圆号、长笛、黑管、吉他，

仿佛看到了童话中的神灵，尽管它们一个个默然无语，但我可以一一想象出属于它们的悦耳动听的声音。假如在店堂里遇上几个前来选购乐器的顾客，那简直可以使我心花怒放。选购者调试乐器奏出的乐声，在我听起来真是美妙无比的音乐，哪怕只是用手指在小提琴或吉他的弦上弹拨几下，那声音也会在店堂里发出悠长神奇的回响，使我心迷神醉。

我第一次接触的乐器是口琴。那是一个亲戚送给我的一把旧口琴，其中还断了几根簧片，它成了我的宝贝。当我摸索着用它吹奏出断断续续的曲调时，我兴奋地手舞足蹈。上小学后，父亲为我买了一把新的国光牌口琴。记得曾在学校的联欢会上表演过口琴独奏，当听到同学们的掌声时，我心里不免有几分得意。后来觉得口琴太小儿科，一心想学拉小提琴。然而小提琴比口琴昂贵得多，要想得到一把不那么容易，只能站在乐器铺的柜台前望琴止渴。读初中的时候，我终于有了一把小提琴。我的哥哥用他工作后第一次领到的工资为我买了一把小提琴，花了十二元钱，在当时这可不算个小数目。这是一把没有牌子的旧提

◂ p008　*Boy playing the Flute* by Judith Leyster
《吹奏长笛的男孩》　莱斯特

童年时代的我做过很多梦，
其中最强烈最执着的一个，便是有朝一日成为一位音乐家。

琴，被岁月熏成棕黑色的琴面上有一条裂缝，弓上的马尾鬃断了四分之一。它的音色却出奇的洪亮，远非那些光可鉴人的新提琴所能相比。收到哥哥的这件礼物时，我的激动和兴奋是难以用言辞表达的，从来没有一件礼物曾给我带来那么多的欢乐。记得当时我刚读过波兰作家显克维支的短篇小说《小音乐家扬科》，小说中那个酷爱音乐的孩子因为摸了摸主人的小提琴，竟被活活地打死了。我觉得，假如和那个不幸的波兰孩子相比，我简直是一个幸运的大富翁了。我周围没有人能教我拉琴，但这并不妨碍我在那四根银弦上倾诉我对音乐的渴望和热爱。后来到崇明岛插队落户时，在我简单的行囊中就有这把老提琴。在那一段孤独、艰苦的岁月中，这把老提琴和许多书籍一样，成了我忠实亲切的朋友，为苍白的生活增添了些许色彩。

我和音乐的缘分只到此为止。我只能以一个爱好者的身份在音乐的殿堂门口流连。被束之高阁的口琴和小提琴只能勾起我对童年时代的回忆，回忆起当年想成为音乐家的那个美丽而又缥缈的梦。当我老态龙钟的时候，这些回忆依然会清晰如昨日，把我带回到一生中最富有诗意的时光……

不过，音乐作为人生旅途上的一个朋友，它从来没有抛弃过我。当我需要它的时候，它总是翩然而至，只要打开录音机，只要在音乐厅里坐下来，它就会一如既往地把我笼罩，把我淹没，荡涤我心中的烦躁，把我引进一个又一个新的奇妙无比的境界。

我曾经写过不少和音乐有关的诗文，但我更喜欢苏联诗人阿赫玛托娃写给肖斯塔科维奇的那首题为《音乐》的诗，她把对音乐的感受表达得如此深刻形象而又简洁凝练，使我忍不住抄录下来为我这篇短文作结尾：

神奇的火在它体内燃烧，
它的目光闪烁出无数变幻，
当别人不敢走近我的时候，
唯独它敢来跟我说话。
最后一个朋友也把目光移开，
那时，它会在墓中为我作伴，
它像第一声春雷放声歌唱，
又像所有花朵同时在交谈。

暗哑的小号

没有什么声音比高亢激昂的小号更激动人心了。

在寂静的夜间，当无边无际的黑暗像一张巨大的网把世界笼罩时，当沉默像无穷的浓雾在没有星月的天地间弥漫时，突然有一个声音，强有力地揭开了黑暗的帷幕，就像一把雪亮的利剑，挑破浓雾的包围，以刚劲的姿态在天地间挥舞。于是，黑暗的网被划破了，灿烂的月光和星光从遥远的天外射进来……

发出这声音的是一支小号。

二十五年前，我常常听到这支小号的歌唱。没有乐队伴奏，它却把海顿的一阕小号协奏曲吹得惊心动魄。这曲子跌宕起伏，低沉缓慢处似乎倾诉着惆怅和忧伤，但这样的情绪不会盘旋得太长，旋律总是在低沉的地带优美地稍事停留，旋即回转直上，小号的音色变得透明而嘹亮，以一种不可阻挡的穿透力向四面八方辐射。如果你百无聊赖，这样的声音会使你为自己的空虚而羞愧；如果你消沉烦躁，这样的旋律会使你的心情豁然开朗。开始我并不知道这是谁的曲子，认识小号的主人后，我才知道，这是海顿的《降E大调第一小号协奏曲》。吹小号的是一个中学刚毕业的年轻人，当时是一个工厂的学徒工，吹小号是他唯一的业余爱好。他住在离我家不太远的一幢大楼里，他的窗口正好和我家窗户遥遥相对。因为他搬来不久，我没有见证他从初学到熟练的过程，他的小号出现在沉寂黑暗的夜间时，已经有了演奏家的气质。在大部分音乐都被封存的时代，回荡在夜空中的这支小号协奏曲真是不同凡响。

很遗憾，我一直无法和这位吹小号的年轻人成为朋友，他也无法知道，当年他一个人面对夜色吹奏海顿的小号协奏曲时，曾经为一个离他不远的孤寂的青年带来多少欣慰。关于他的故事，我大致知道：因为吹外国的"资产阶级曲子"，他曾遇到很多麻烦，他的小号也因此暗哑了一段时间。然而他的才能最终还是被发现了，十年后，他坐到了一个交响乐团的首席小号手的位置上。在音乐厅里，我很多次坐在观众席上看他神采飞扬地举着他的小号，把那曾经孤独地回响在夜空中的旋律融合在交响乐恢宏的激流之中。后来，他又从他的位置上消失了，听说他去了日本。一个跟他熟悉的朋友告诉我，在日本，他并不在音乐的圈子里工作，他在读书，有时在餐馆干活，有时在一家铸造厂打工……此刻，面对着星光闪烁的夜空，我情不自禁地又想起了那支小号，耳边仿佛又响起了海顿的小号协奏曲，出现了那把划破夜幕的剑……想起远在异域的小号手，我无法消除心中的那一份悲哀。我常常想，他会不会还带着他的小号？会不会在异国的夜间，一个人遥对着远天，重新吹起他年轻时吹过无数遍的曲子？从那支小号中传出的声音，是不是仍然能迸发出光芒四射的激情？

流水和高山

在宁静的西湖畔，凝视波光潋滟的水面，我的心里回荡着音乐。

在九寨沟，欣赏那些水晶一般清澈晶莹的流水时，我的心里回荡着音乐。

在黄山，惊叹着群山千姿百态的变化时，我的心里回荡着音乐。

在黄河边，看那浑浊的激流翻卷着漩涡滔滔奔泻，我的心里回荡着音乐。

在峨眉山顶，俯瞰着在翻腾的云海中起伏的群山，我的心里回响着音乐。

坐船经过长江三峡的时候，面对着汹涌的急流和峻峭的危岩，我的心里回响着音乐。

……

面对着流水和高山，我想起了人类历史上两位最伟大的音乐家，他们是贝多芬和莫扎特。

也许有人会说，置身于中国的山水间，你的心里为什么会回荡外国人的音乐？我想，答案其实很简单，美好的音乐没有国界，它们无须翻译，无须解释，便能毫无阻拦地逾越语言和民族的藩篱，沟通人类的心灵，拨动情感之弦。在大自然奇妙的韵律中，我想起这两位音乐家，在我看来是情不自禁的事情，听他们的音乐时，我不觉得他们是外国人，只感觉他们是和我一样的人，他们用音乐表达对世界和生活的看法，用音乐抒发他们心中的诗意。他们的音乐感动了我，激动了我，他们的音乐把大自然和人的情感奇妙地结合为一体，使我恍然觉得自己也成了大自然的一部分，成了音乐中的一个音符。记得很多年前，在一些愁苦的日子里，我把自己关在屋子里，一遍又一遍倾听莫扎特的钢琴协奏曲，从他儿时创作的《第一钢琴协奏曲》，一直到他晚年写的《第二十七钢琴协奏曲》，听这些优美的钢琴曲，如同沿着一条迂回在幽谷中的溪涧散步，清凉晶莹的流水洗濯着我疲惫的双脚，驱散了我心头的烦恼。

莫扎特的音乐如同清澈的流水，在起伏的大地上流淌。这流水时而平缓时而湍急，然而它们永远不会失去控制，始终保持着优美的节奏，它们在风景如画的旅途上奔流，绿荫在它们的脚下蔓延，花朵在它们的身边开放，百鸟在它们的涛声中和鸣，有时，也有凄凉的风在水面吹拂，枯叶像金黄的蝴蝶，在风中飘舞……这样的景象，决不会破坏它们带来的美感。莫扎特的旋律中有欢乐，也有悲伤，但没有发现他的愤怒。莫扎特可以把人间的一切情绪都转化为美妙动人的旋律，甚至他的厌恶。这是他的神奇所在。他的追求，何尝不是艺术的一种理想的境界？在人类艺术的长河中，有几个人能达到这样的境界？莫扎特为法国圆号写过几首协奏曲，都是为当时的一个业余法国圆号演奏家所作。莫扎特看不起这个没有受过多少教育的演奏家，在写给他的曲谱上，莫扎特用"笨驴、牛、笨瓜"这样的词儿来称呼这位演奏家，其厌恶之情溢于言表。不可思议的是，他在曲谱上写出的旋律，却是人间少有的优雅的音乐，这些音乐在当时就让人着迷，它们一直流传到现在，能使现代人也陶醉在它们那迷人的旋律中。所以有人说，莫扎特是上帝派到人间来传送美妙音乐的特使。我想，只要人类存在一天，莫扎特的音乐就会存在一天，人世间的变化再大，人类也不会拒绝莫扎特的音乐，就像人类永远不会离开奔濯的流水。

曾经听到一些自称喜爱音乐的人宣称："不喜欢莫扎特。莫扎特太甜美。"仿佛喜欢了莫扎特，就是一种浅薄。这样的看法使我吃惊。在人类的历史上，有哪个音乐家为这个世界创造了如此丰富众多的美妙旋律？创造美，竟然可以成为一种罪过，岂不荒唐。我听过莫扎特生前创作的最后几部作品，他的 g 小调《第四十交响曲》，他的"安魂曲"。这些在贫病交迫的境况中写成的音乐，把忧伤和困惑隐藏在优美迷人的旋律中，听这些旋律，只能使人对生命产生依恋，只能对生活产生憧憬。一个艺术家，面对着穷

The Valley of the Creuse at Fresselines by Claude Monet
《克勒兹峡谷》　莫奈

听这些优美的钢琴曲，
如同沿着一条迂回在幽谷中的溪涧散步，
清凉晶莹的流水洗濯着我疲惫的双脚，驱散了我心头的烦恼。

夜半琴声 ｜流水和高山 ｜

困和死神，依然为世界唱着美丽的歌，这是怎样的一种境界？把这样的境界称之为"浅薄"，那才是十足的浅薄。

听贝多芬的交响曲，很少有人不被他的激情所振奋。即便是那些对音乐没有多少了解的人，也能在他气势磅礴的旋律中感受到生机勃勃的力量，感受到一种居高临下，俯瞰大地的气概。就像读杜甫的《望岳》："会当凌绝顶，一览众山小。"音乐家把心中的音符倾吐在乐谱上时，灵魂中涌动着多少澎湃的激情？贝多芬的其他曲子，也有相似的特点。我很难忘记第一次听贝多芬的《第五钢琴协奏曲》时的印象，当钢琴高亢激昂的声音突然从协奏曲的音乐中迸出时，我的眼前也出现了流水，不过这不是莫扎特的那种缓缓而动的优雅的流水，而是从悬崖绝壁上倾泻下来的飞瀑，是从高耸入云的阿尔卑斯山上一泻千里的急流，这急流挟裹着崩溃的积雪和碎裂的冰块，它们互相碰撞着，发出惊天动地、惊心动魄的轰鸣。我无法理解，这样的音乐，为什么会有《皇帝》这么一个别名，不喜欢皇帝的贝多芬，难道会喜欢用《皇帝》来为这样一部激情铿锵的作品命名？如果用《阿尔卑斯山》作为这部钢琴协奏曲的名字，该是多么贴切。在莫扎特的音乐中，似乎很少出现这样强烈的、激动人心的声音。如果是莫扎特的河流，他不会让流水飞泻直下，也不会让那些冷冽的冰雪掺和在他的清澈的流水中，他一定会寻找到几个平缓的山坡，让流水减慢速度，委婉地、迂回曲折地向山下流去。这样的流水，当然也是美，不过这是另外一种韵味的美。

在贝多芬的音乐中，我很自然地联想到那些高耸入云的山峰，它们以宽广深沉的大地为基础，以辽阔的天空为背景。它们像自由不羁的苍鹰俯瞰着大地，目光里出现的是大自然的雄浑和苍凉，是人世间的沧桑和悲剧。只有那些博大的灵魂，才可能描绘这样气势宏大的景象。

然而，贝多芬的山峰绝不是荒山。他的山峰上有荟郁的森林，也有清溪流泉。他的钢琴奏鸣曲《月光》，便是倒映着清朗月色的高山湖泊，他的那些优美的钢琴三重奏，便是清澈的山涧，在幽谷中蜿蜒流淌……当音乐跌宕起伏，震天撼地时，他的山峰便成了洪峰汹涌的峡谷，轰然喷发的火山。

曾经听一位西方的指挥家这样评论贝多芬：他把心中的愤怒、焦灼和困惑直接用音乐宣泄出来。在他之前，还没有人这样做。这就是现代音乐和古典音乐的分界。这样的结论，对音乐史或许有些武断，但作为对贝多芬的评价，却一点没有错，这大概正是贝多芬对现代音乐的贡献。把心中那些复杂焦虑的情绪化为音乐的旋律，也许改变了古典音乐的和谐优雅，使有些人觉得惊愕，觉得不那么顺耳，然而这种复杂心情，绝非贝多芬一人心中所独有，他用如此强烈激荡的形式把这种心情表达了出来，当然能使无数人产生共鸣。对那些萎靡不振、沮丧悲观的灵魂，贝多芬的音乐是一剂良药。正如萧伯纳在《贝多芬百年祭》中所说，他不同于别人的地方，就在于他那令人激动的性格，他能使我们激动，并用他那奔放的激情笼罩着我们。贝多芬的音乐是使你清醒的音乐。

如果有人问我："面对着这样的流水和这样的高山，你更喜欢谁？"我很难回答这个问题。我曾读过法国钢琴家大卫·杜波的《梅纽因访谈录》，书中，大卫·杜波问梅纽因："在贝多芬和巴哈、莫扎特之间，谁更伟大？"这个问题使梅纽因颇费神思。他这样回答："我没有必要把他们摆到同一水平线上去衡量，但我的生活中的确不能缺少他们之中的任何一位，除了贝多芬，我也不能没有莫扎特、巴哈、舒伯特以及其他许多人。"我想，在音乐的世界里，不能没有贝多芬，也不能没有莫扎特，少了他们两位中的任何一位，这世界就是残缺的。在这两个音乐大师中，谁也无法下结论说哪个更伟大，更了不起。就像在评价中国的唐诗时，你很难说李白和杜甫这两位大诗人谁更伟大，谁更了不起。如果把莫扎特比作流水，那么，贝多芬就是高山。流水和高山，都是大自然中最精彩的风景，流水的活泼清逸和高山的峻拔秀丽，都令人神往。我们的大地上，不能没有流水，也不能没有高山。高山和流水，常常是那么难以分割地连在一起。高山因流水而更显其伟岸，流水因高山而更跌宕活泼。没有高山，也就不会有流水，而没有流水的高山，则必定是荒山。我并不关心人们怎样为莫扎特和贝多芬的音乐风格定义。古典主义也罢，浪漫主义也罢，这些帽子怎么能罩住音乐塑造的丰富形象和复杂微妙的情感呢？听莫扎特的音乐，你可以坐下来，静静地欣赏，犹如面对着水色潋滟、风光旖旎的湖水。你会情不自禁地陶醉在他的音乐中，让想象之翼作彩色的翔舞。

听贝多芬的音乐，令人激动，令人坐立不安。在那些跌宕起伏的旋律中，你仿佛急步走在崎岖的山道上，路边万千气象，让你目不暇接。你也很可能产生这样的担忧：前面，会不会突然出现一个悬崖，会不会一失足跌落进万丈深渊？这样的境界，都是诗意盎然的人生境界。

　　是的，莫扎特和贝多芬，常常使我想起中国的李白和杜甫。李白和杜甫虽然都生活在盛唐，却是一前一后，擦肩而过。然而两个人的诗歌一起留了下来，成为那个时代留给世界的最响亮最美妙的声音。李白和杜甫相处的时间极短，却互相倾慕、互相理解，并将文人间这种珍贵的友谊保持终生。"白也诗无敌，飘然思不群。""笔落惊风雨，诗成泣鬼神。"这是年轻的杜甫对李白的赞叹。"不愿论簪笏，悠悠沧海情。"这是诗人对诗艺和友情的见解。而李白一点也没有因为年长于杜甫而摆架子，两人结伴同游齐鲁，陶醉于山水间，分手后，互寄诗笺倾诉别情。李白诗曰："思君若汶水，浩荡寄南征。"杜甫也以诗抒怀："寂寞书斋里，终朝独尔思。""罢琴惆怅月照席：'几岁寄我空中书？'"李杜之间的友情犹如高山流水，绵延不绝。莫扎特和贝多芬也是同时代的两位大师。对贝多芬来说，莫扎特是长者，是前辈，在艺术上，贝多芬对莫扎特满怀敬意，称他是"大师中的大师"，尽管他对莫扎特的生活态度不以为然。而莫扎特生前听到尚未出道的贝多芬所作的曲子后，也曾真诚地预言说："有一天，他会名扬天下。"较之李白和杜甫，莫扎特和贝多芬之间的交流也许更少，两人之间大概也谈不上有什么友谊，但是作为音乐家，他们的心是相通的。在莫扎特的C大调《第四十一交响曲》震撼天地的旋律中，贝多芬大概终于忘记他所有的成见，因情感共鸣而手舞足蹈了……

莫扎特和贝多芬的时代早已远去，欣赏音乐的现代人恐怕不会去计较作曲家当时的身份，也不会去追索他对当时的皇帝持什么态度，更不在乎他当时穿的是"宫廷侍从的紧腿裤"，还是"激进共和主义者的散腿裤"。重要的是音乐本身，如果音乐家在作品中阐述了他对美的特殊理解，倾诉了他美妙的真情，那么，他的音乐就会长久地拨动听者的心弦，因为他留下的旋律，是人类的心声，是美好感情的结晶，它们不会因为岁月的流逝而消失，也不会因为世事的更迁而变色。最无情的是时间，多少名噪一时的艺术，被时间的流水冲刷得一干二净，原因无他，因为它们不是真正的艺术。最公正最有情的也是时间，生时被误解，被冷落，死时连一口棺材也买不起，然而莫扎特的音乐却随岁月之河晶莹四溅地流向了未来。时间对他们来说决不是坟墓，而是功率无穷的扬声器。

高山巍巍，流水潺潺。能在莫扎特和贝多芬的音乐中徜徉于美妙的高山流水间，真是人类的福分。

莫扎特的造访

　　真正的天堂是没有的，所谓天堂，都是梦想、幻想或者人工营造的情境。我曾经在一篇文章里把美妙的音乐比作天堂的声音，听者沉浸在这美妙的音乐中，就好像走到了天堂门口。音乐会把你的灵魂带进人间看不到的神奇世界，其中风光的旖旎和色彩的丰繁，任你怎么夸张地描绘也不会过分。当然，并不是所有的音乐都可以把你引进天堂，音乐家也有烦躁不安的时候，当音乐家把他的烦躁不安化为旋律时，这样的旋律带给你的也可能是烦躁和不安。所以我不可能喜欢一个音乐家的所有作品，包括伟大的贝多芬。但是，有一位音乐家例外，那便是莫扎特。莫扎特往往是漫不经心地站在我的面前，双手合抱在胸前，肩膀斜倚着一堵未经粉刷的砖墙，他微笑着凝视我们全家，把我们带进了他用光芒四射的音符建造的美妙天堂。

　　既然生活中有这样一个天堂，而且她离我们并不遥远，那么，为什么不经常到天堂里去游览一番呢，而且莫扎特无所不在。此刻，在我写这篇文章的时候，我家的音响中正播放着莫扎特的《第一钢琴协奏曲》。妻子在读一本画报，儿子在做功课，音乐对我们全家都没有妨碍，尤其是像莫扎特的《第一钢琴协奏曲》这样的作品，我们三个人可以在音乐的伴奏下各自做自己的事情。

我曾经告诉儿子，莫扎特写这部作品的时候，大概是六岁。儿子睁大了眼睛，惊奇地问："真的？他是天才？"

"是的，是天才，他是上帝派到人间传播美妙音乐的天才。"我这样回答儿子。

六岁的莫扎特，心里没有任何阴霾，没有忧伤和恐惧，只有对未来的幻想和憧憬，一切都是明丽而鲜亮的，莫扎特把童年时代的梦幻都倾吐在他的音乐中了。这样的音乐在客厅里幽幽地回荡，从钢琴上蹦跳出的音符，轻盈而圆润，犹如一滴滴清澈透明的雨珠，从冥冥的天空中落下来，在宁静的空气中闪烁飘荡，你看不见它们，接不住它们，却真切而优美地感觉到它们的存在，感觉到它们在轻轻地拨动你的心弦。美妙的旋律，仿佛是春天的微风从草地上拂过，闭上眼睛你就可以看见那些在微风中颤动的野花，还有在花瓣上滚动的露珠，小小的蝴蝶扇动着它们彩色的翅膀，从这片草叶上，飞到那片草叶上，终于在一朵金黄色的小花上停下来，微微喘息着，让湿润的风吹拂那对美丽的翅膀……

我问儿子和妻子，在莫扎特的《第一钢琴协奏曲》的旋律中想到了什么，儿子说："看见一个金头发的孩子在弹琴，他坐在花园里，身边有很大的喷泉，喷出银色的水花，漫天飞舞。"妻子说："我看见一条小溪在绿色的山坡上流淌，小溪里都是五彩的石头。"儿子笑着总结说："有喷泉，也有小溪，还有春天下雨时在树林里听到的声音。"

说完话，我们仍然自己做自己的事情，除了音乐，家里没有其他声音，然而世界上一切美丽的音响都在我们小小的

Grass and Butterflies by Vincent van Gogh
《草和蝴蝶》　凡·高

小小的蝴蝶扇动着它们彩色的翅膀，从这片草叶上，飞到那片草叶上……

家中回荡……有莫扎特的音乐陪伴着，家里是多么安静多么美好，在阴郁的天气里我们也能感受到阳光灿烂的情调。

　　当然，莫扎特绝不像有的人说的那样，他的旋律中永远是欢乐和愉悦，仿佛除了欢乐，他没有其他情绪。这怎么可能！莫扎特毕竟不是不食人间烟火的神仙，生活的艰辛和人生的磨难不可避免地也会出现在他的音乐中，只是他从不号啕悲叹，他永远用优美的声音来表达自己的感情，即便这感情充满了忧郁和哀伤。有一次，听莫扎特的《施塔德勒五重奏》，一支安闲而出神入化的单簧管，在几把提琴的簇拥下，如泣如诉地吹出委婉迷人的旋律。这是莫扎特晚年的作品。儿子评论说："这段音乐，好像有点伤心。"是的，孩子，你听出来了，是有些伤感。虽然和他的其他作品一样优美，但那种无可奈何的伤感情不自禁地从那些优美的旋律中流露出来。和他的《第一钢琴协奏曲》相比，这是完全不同的情绪，前者是孩童对世界美妙的期待，后者是一位饱经沧桑的艺术家发自心灵的叹息。都是莫扎特，都是那么清澈纯净，但反差是如此之大。这就是人生的印记，谁也无法超越它们。

"他为什么要写这首曲子？"儿子问我。我告诉他，有一个吹单簧管的音乐家，名字叫施塔德勒，是莫扎特的好朋友，莫扎特写这部作品，就是送给施塔德勒的。这是对友情的怀念和歌颂。"哦，莫扎特在想念他的朋友。"儿子自言自语道。

人间的友情，难道就是这样蕴含着深深的忧伤？

单簧管如同一个步履蹒跚的旅人，尽管疲倦劳顿，却依然保持着优雅的姿态。提琴们犹如一群白衣少女，在他身后翩翩起舞，少女们追随着他，他却只顾往前走，不紧不慢，和少女们保持着小小的距离，他们的脚步声汇合成和谐沉稳的节奏……在寒冷、饥饿的窘迫中，真挚高贵的友情是怎样一种色彩呢？我在单簧管优雅而踉跄的步履中闭上眼睛，我看见了那个吹单簧管的音乐家，他忘情地吹着，陶醉在一颗高贵的心赠予他的友情的歌声里，温暖的烛光随着音乐的旋律在他的脸上晃动。烛光照射的范围是那么狭窄，听众们都在不远的黑暗之中。黑暗中，莫扎特站在人群的后面，他正像我想象的那样，斜倚在墙上，默默地听他的朋友把涌动在他心中的音符一节又一节地表达出来。在音乐的光芒中，他苍白的脸色显得那么焕然，他的眼睛里闪烁着晶莹的泪珠……美好的音乐并不能改变惨淡的人生，然而它们却把无数奇妙的瞬间留在了能听懂这些音乐的灵魂中。哦！莫扎特！你的欢乐和忧伤都是人心中至美的诗篇，喧嚣的噪声永远无法淹没它们。在你的诗篇的笼罩下，人心是可以沟通的，不管你是年老还是年轻，不管你说的是何种语言。

儿子刚生下来时，我就让他听音乐，我从我并不丰富的音乐录音带中挑选了半天，选出的是莫扎特的一组钢琴曲。妻子说："行吗？给他听这样的音乐？"我说："为什么不行？莫扎特不是深不可测、难以接近的。你怀孕的时候，不是也常常听这样的音乐吗？儿子在你的肚子里时，已经听过了，他不会感到陌生。"妻子笑了。当时根本没有什么高级的音响设备，我们把一个很简单的匣式录音机，放在摇篮边，把音量开得很轻。音乐就这样在出生不久的儿子耳边响起来。一个遥远的外国人，用亲切的口气，向我们的婴儿描绘着他那仙境一般的梦幻……儿子安安静静地听着，眼睛睁得很大，似乎想在空中找到那美妙旋律的影子。最有意思的是，每当他哭闹时，只要打来录音机，让莫扎特的旋律在他耳边响起来，他就会立即停止啼哭，变得十分安静。他的小手舞蹈般地在空中挥动着，仿佛是想抓住飘荡在他耳边的那些奇妙的声音。他常常听着音乐安然入睡，莫扎特在轻轻地为他催眠……在蒙昧混沌的世界中，有这样的音乐渗入心灵，会怎么样呢，音乐会不会

像种子，落在尚未耕耘过的心田上，悄悄地发芽长叶，开出清馨典雅的花朵？

我告诉儿子，莫扎特离开人世时，两袖清风，一无所有，他甚至没有为自己留下买一口棺材的钱。在风雪中，他被不认识的人埋葬在谁也不知道的地方。人们甚至无法在他的墓地上献上一朵小花。

"他为什么那么穷？"儿子的目光里饱含着困惑和不平。

"因为那时候音乐不值钱。"我的回答无奈而黯然。

这时，我们的耳边充满了莫扎特的音乐，是他的最后一部交响乐《第四十一交响曲》。那是蓝色的海水，平静地冲洗着沙滩，那是人心和天籁的融合，是超越时空的预言，是不死的灵魂在呼吸，天地间回响着那永恒的潮汐，无穷无尽……

"钱算什么！"儿子突然喊道，"钱会烂掉，音乐活在人的心里！"

我和妻子相视一笑。在音乐的流水声中，我们狭小的屋子变得无比宽阔，所有的墙壁都消失了，可以看到最遥远的风景。莫扎特像一个目光平和的天使，在我们的前方翩翩地飘行。我们幻想中所有美丽的地方，他都能引导我们抵达…… 🍂

◂ p028 *Marcelle Roulin's Baby* by Vincent van Gogh
《鲁兰夫人和她的孩子》　凡·高

儿子安安静静地听着，眼睛睁得很大……

无言的回旋

一支单簧管，在几把提琴的陪伴下，悠然述说着一个平静却深情的故事。

那是春日黄昏，湖畔的散步，没有激烈的话题，只是几句平常的问候，还有就是和湖波的喧哗融为一体的脚步声。两个人默默地走着，看落日在清澈的涟漪中变幻出种种美妙的画面……也可能是秋天的早晨，清风扑面，在寂静的树林里，沿着一条曲折悠长的小径，也是两个人，慢慢地走向林子深处。金黄的落叶在脚底下发出清脆的声音，仿佛是大地从睡梦中苏醒时的轻轻叹息。两个人还是不说话，只是肩并肩地在自然的怀抱中散步，一起默默地沉醉于宁静的风景，沉醉于美妙的天籁……这是多么有声有色的沉默，在人和自然真诚的凝视中，我听见了心灵和心灵之间默契的对话。在人类的生命中，有这样的对话是多么美好！

我正在欣赏的是莫扎特的单簧管协奏曲《施塔德勒五重奏》。无数次，我一个人默默地倾听这部协奏曲，不管是在晴朗的早晨，还是在阴晦的黄昏，它总是深深感动着我。在它优美的旋律中，我想起了自己人生经历中的很多难忘的情景，想起了一些曾经帮助过我的朋友，在孤独的岁月中，他们曾微笑着向我伸出双手，曾用温馨的友情抚慰我受伤的心灵……我珍惜这样的友情，珍惜这种友情的表达方式。有时，是一首从远方寄来的小诗；有时，是默默无声的陪伴，在一间小小的屋子里相对无言……这时，无须多说什么，苍白的语言已经成了多余，彼此的心灵在眼神的静静交流中相通为一体……

我未曾想到，音乐竟会使我对一个人的看法发生如此大的变化。那还是在年纪很小的时候，一次，来了一个父亲的朋友，胖胖的，广东人，外贸公司的一个职员，父亲叫他老陈。看他脑满肠肥、油光满面的样子，我从心底里厌恶他。老陈不是一个能说会道的人，默默地在我家坐着，脸上也没有笑容。他带来了她的女儿，是个胖姑娘，木木的，只会用一对不漂亮的、分得开的大眼睛暗暗地看人。这一对父女走后，父亲告诉说："他是位音乐家。"我大笑起来："什么，音乐家会像他这样吗？"我觉得父亲一定是在和我开玩笑，也许他想用这种玩笑来改变我对这个胖子的看法，使我对他产生一点好感。父亲并不懂音乐，他心目中的音乐家，至多会哼几句流行的曲调而已，我想。听说那位老陈的妻子已经去世，他们父女两个相依为命。

有一次，父亲说："我带你去看看那位音乐家，怎么样？""好啊！"我带着一种恶作剧的心情回答父亲，我想看看，父亲心目中的音乐家究竟是什么模样。那一对胖乎乎的父女，怎么也无法和音乐家这个神圣的名词连在一起。我猜想可以看到一出滑稽戏。

我几乎已经忘记了他们住的是什么样的房子。那天黄昏走近他家时，我突然呆住了，我根本来不及观察那房子，因为我的耳边出现了极其美妙的音乐。那是一支单簧管和一架钢琴，在一片静寂之中和谐地协奏出优美的旋律。音乐从楼上的窗户里飘出来，穿过浓密的梧桐树叶，荡漾在空气之中。父亲急忙去叩门，我连忙拦住他，我要听完那首曲子。"就是他们在吹笛子弹琴。"父亲笑嘻嘻地说，他从我惊愕的神态中产生了一种快意，他知道我一直在怀疑他的话。

我和父亲默默地站在街上，听着从楼上传来的音乐。这便是我第一次听到莫扎特的《施塔德勒五重奏》，单簧管吹得无瑕可剔，而那一架钢琴，很自然地替代了四种弦乐器。当时我的感觉，耳畔仿佛回荡着天堂的声音，仿佛有两个天使在朦胧的暮色中轻轻对话，我听不懂他们在说什么，但那一定是一些美丽动人的内容。那不慌不忙的、优雅而又深情的旋律，带着些许忧伤，一声又一声拨动我的心弦。音乐结束后，我们走进了他们的家。吹单簧管的，果然是老陈，而弹琴的，竟是他的女儿，那个木木的胖姑娘。那天我很想听他们谈谈音乐，他们却好像谈不出多少东西。当我问及他们合奏的那首曲子时，胖姑娘说："我妈妈以前最喜欢听这首曲子，所以我们常常弹奏。"能用音乐表达对逝去的亲人的怀念，在我的周围有几个人呢？

Girl with a Fan by Pierre-Auguste Renoir ▸ p033
《戴红围巾的女孩》 雷诺阿

他带来了她的女儿，是个胖姑娘，木木的……

从他们家里出来后，父亲问我："你说他是不是音乐家？"我默默地点头，心里真是惭愧。从那时起，我才真正明白古人为什么说"人不可貌相"。

　　以后，我又跟着父亲到老陈家去了几次，每次都能听到他的单簧管演奏，还有他女儿的钢琴协奏。听他们弹奏的时候，我觉得他们俩是那么好看，老陈和他女儿经常会心地相互对视，目光中流露出来的表情是一种最自然的亲近和欣慰。淡淡的红晕从女儿的双颊，飞到父亲的脸上；情不自禁的微笑，也从父亲的嘴角，降落在女儿的唇边……那委婉凄迷的旋律，融化了周围的一切。有几次，老陈的眼睛里噙着泪水，他吹着单簧管，两只手忙着按动音键，无法将泪水擦去。他们父女俩沉醉在音乐中时，那么自信，那么自如，也那么忘情，谁也无法将他们从自己的幻想境界中拽出来。我这个默默的旁听者，就像是被他们忘记了一样……

　　后来，"文革"来了，听说他们父女俩遭遇很惨，"造反队"抄了他们的家，钢琴被搬走了，单簧管被人扔到地上踩成了碎片……老陈被人封为"漏网历史反革命"，只因为他从前参加过国民党的一个军乐队。老陈被抓起来"隔离"了一段时间，饱受凌辱。等他被放出来后，他女儿已经离开上海，去了遥远的北疆。女儿的不辞而别，使老陈伤心欲绝。不过，女儿很快就对自己的行为感动懊悔了，她写信给父亲，说她会回来。于是，期待女儿回来成了老陈生活的所有希望。然而他永远也见不到女儿了，在北疆，女儿在冰天雪地中死于疾病，老陈赶到北方，见到的是一个小小的骨灰盒……老陈再也没有回上海，谁也不知道他捧着女儿的骨灰盒去了什么地方。

老陈失踪以后，我好几次路过他们家，总是忍不住站在楼底下，默默地期待着，幻想着从那扇关着的窗户里又会飘出凄迷美妙的单簧管和钢琴的声音……有一次，那扇窗户突然打开了，窗户里出现的是一个陌生女人的面孔，她厉声盘问我："喂，你找谁？"我一怔，赶紧走开了。这屋子里已经住上了别的人。可怜的老陈父女，早已被人们忘记，这样的小人物，谁会记得他们呢？尽管他们的心里曾经拥有如此美妙的音乐……

死去的人不会复生，消逝的故事也渐渐地由近而远、由浓而淡。然而，从心灵中喷涌出来的音乐却永远地留在了世界上，没有人能把它们驱散。此刻，《施塔德勒五重奏》依然在我的耳畔回旋，我的心弦依然一次又一次被它拨动。在熟悉的旋律中，往事，以及从前曾经有过的种种体验和感觉，又重新涌动在心间，清晰一如当初。《施塔德勒五重奏》是莫扎特为他的好朋友施塔德勒写的曲子。施塔德勒是当时一位很著名的单簧管演奏家。我并不知道他和莫扎特之间的故事，不清楚他们的友谊始于何时，缘于何事。当施塔德勒先生用自己的单簧管吹出这曲子，品味着莫扎特为他而写的如此美妙的旋律时，他会作何感想，会作何表示？尽管不知道这一切，但在莫扎特的音乐中，一切都是可以想见的。这些音乐，是从莫扎特的心灵深处流出来的，没有任何虚饰的成分在其中。在喧嚣功利的尘世间挣扎沉浮之后，能躲进这样的音乐中，让疲惫的灵魂获得片刻安宁，是人生中多么令人神往的境界。

　　是的，在单簧管颤抖的共鸣声中，我很自然地想起了那对不幸的父女，想起了那位虽然无名但技艺不凡的单簧管演奏家。我想，如果在最悲痛的时刻，老陈手上还拥有一支单簧管，或者还有一张莫扎特的唱片，他会不会被引导着逐渐走出悲伤和绝望的沼泽呢？我不知道。不过，如果他们在另外一个世界回想惨淡的人生，大概还是有一些值得怀恋的时光的。我相信，他们和我一样，不可能忘记他们用单簧管和钢琴倾诉情感的时刻，不可能忘记在飞扬回荡的音乐中他们会心一笑的平静眼神……

弦上的河流

　　有一条河流，永不枯涸地在我的心头流淌……

　　《D大调小提琴协奏曲》是贝多芬的小提琴曲中最精彩的一首。如果要我为世界上所有的小提琴协奏曲排名次，我会毫不犹豫地将它排在第一位。人间可能产生的深挚的感情和绮丽的遐想，在这部作品中都能感受到。我无法想象，贝多芬是在怎样的一种心情下创作出了这部作品的，高亢和低沉、欢乐和悲伤、明朗和阴郁，同时出现在他的旋律中。如果把这部作品比作一幅画，那么，这幅画把阳光和乌云、暖雨和冰雪、微风和风暴融合在一起，这是奇妙而自然的融合，水乳交汇，天衣无缝。不管在什么情绪中听这部作品，我的心灵中都会产生强烈而悠远的共鸣。

　　记得在"文革"前，我有一张唱片，演奏这首曲子的是匈牙利小提琴家西格第。唱片非常旧，但声音基本没有变。在那台老式的电唱机里，我能够感受到贝多芬无与伦比的才华，也能感受到西格第的陶醉和激情，还有他那无瑕可剔的技巧。"文革"期间，我常常在无人的夜间，一个人偷偷地打开电唱机放这张唱片，这是一件很刺激，也很快乐的事情。后来，斯特恩来中国访问时，我曾经听过他拉这首曲子，但感觉远不如在黑暗的夜间一个人偷偷地听唱片那样美妙。在那场演出中，斯特恩拉错了好几个音符，因为对这首曲子熟，所以他的错误我听得一清二楚。我想，大概是斯特恩老了。后来梅纽因来中国，我也听他拉过这首曲子，感觉还不如斯特恩。我相信，他们年轻时，都曾经把这首曲子拉得精确而又辉煌，就像西格第年轻时在那张旧唱片中拉的那样。不同的人，不同的感情，不同的手，不同的提琴，会使同一首曲子产生不同的效果。然而没有人能够篡改贝多芬的《D大调》。一个再纤弱的人，沉浸在它的旋律中时，也会变得激情洋溢。我也听过韩国的女小提琴家郑京和拉的这部作品，尽管没有西格第拉得那么雄浑和奔放，但她表达出的激情同样光彩四溢。听她的演奏时，我眼前出现了贝多芬雄狮般俯视着大地的沉思的表情，也出现了一双灵巧地操持着琴弓的纤纤玉手，两者的反差是如此强烈，它们却统一在回旋飞扬的小提琴旋律中，统一在跌宕起伏的《D大调》中……

　　中国台湾小提琴家林昭亮，是我遇到的第五位拉贝多芬《D大调》的小提琴家。在音乐厅里听他演奏，使我感受到了以前未曾有过的震撼。那时的林昭亮才二十来岁，但他已经有了大师风范。他站在台上，站在庞大的交响乐队前，那神情却是目空一切，只有小提琴上的四根弦，在他的视野和灵魂中延伸。他不假思索地拉着，《D大调》仿佛是从他的心里涌出来似的，通过小提琴的四根弦，流向辽阔的空间。《D大调》的第一乐章中，有一大段小提琴独奏的华彩乐章。这时，交响乐队隐退了，只剩下一把提琴，在寂静中深情地鸣唱，然而这不是孤独的声音，而是一个清澈透明的灵魂，面对着美妙的人生，面对着清新的大自然，面对着他的善良真诚的朋友们，毫无遮掩地独自倾吐出他心中的激情。这种激情，是悲欢交织的激情，是充满

The Violist by Edgar Degas
《提琴手》 德加

这时，交响乐队隐退了，只剩下一把提琴，在寂静中深情地鸣唱……

憧憬和向往的内心独白。拉这段华彩时，我看到林昭亮闭上了眼睛，完全沉浸在琴声里。这时，站在我面前的是一个抵达了人生的美好境界，也经历了人世沧桑的诗人，从四根琴弦上流出的，是神奇的诗行……

我曾经以为，从此以后，我大概再也听不到更精彩的《D大调》了，林昭亮已经把贝多芬这一段绮丽曲折的梦想发挥到了极致，然而我最终发现我错了。最近，有朋友送我一张CD，也是贝多芬的《D大调小提琴协奏曲》，演奏者是海菲斯，法国指挥家明希指挥庞大的波士顿交响乐团为他伴奏。以前听过不少海菲斯拉的小提琴曲，却没有听到他拉贝多芬的《D大调》。这张CD，我连续听了三遍，海菲斯不仅使我陶醉，使我震撼，而且完全把我征服了。这是我听到的最为完美的《D大调》，该磅礴处气势汹涌，该精微处委婉百转，雷声和微风，咆哮和叹息，呐喊和歌吟，气象万千地在弓弦交吻中产生。我的感觉是，这一曲《D大调》，已经在海菲斯的心灵深处珍藏酝酿了很久，这样的珍藏和酝酿，使贝多芬的旋律成为他自己生命和情感的一部分，此时此刻，他终于抑制不住内心深处的感情涌动，一发而不可收……

有意思的是，海菲斯的这场演出，是20世纪60年代中期的录音，距今也有三十来年了。他在录制这张唱片时，正是我躲在我的小屋子中偷偷地听西格第的时候。美好的音乐，生命力是多么强大，一代又一代人，一双又一双手，从不同的琴弦上弹拨出同一条河流。这条奔涌的河流漫过了岁月的疆域，超越了国界的藩篱，使无数人徜徉其中，漂游其中，陶醉其中，感叹生命的多彩和世界的奇妙。而这条河流的源头，出自伟大的贝多芬。❀

月光和少女

钢琴的旋律从树荫中飘出来，时断时续，若有若无，就像一些晶莹的珍珠，在大理石地面上蹦跳滚动……这些散乱的珍珠，经过一双灵巧的手轻轻拨弄，纷纷滚向既定的目标。是的，如果你走近那发出琴声的方向，那些晶莹的珍珠就再也不显得散乱，它们在优美地舞蹈，用闪烁着莹光的躯体把寂寞的天空描绘得诗意盎然……

我永远也无法忘记少年时代听到贝多芬的《月光曲》时的感觉。那不是在优雅的音乐厅，也不是在豪华的客厅里，而是在马路边。还是十几岁的时候，有一天傍晚，我经过一条林荫路，很远就听见有钢琴声从树荫中飘出来。因为远，琴声显得断断续续，听不清是在弹什么曲子。但在幽静的夜色中，就是这样不连贯的琴声，也像是一种美妙的呼唤，使我忍不住一步一步走向她。等走得近一些，琴声就变得非常清晰，弹的正是贝多芬的《月光曲》。我站在路边的围墙下，默默地听着，琴声笼罩了我，犹如一片轻云，托着我离开了地面，飘向月色溶溶的夜空。这琴声把人和音乐化为一体，把人和晶莹的月光化为一体……我以前听过《月光曲》的唱片，是外国的钢琴大师弹奏的，但唱片中传出的琴声无法和此刻的《月光曲》相比。我觉得琴声仿佛不是从林荫中飘出来的，而是从一颗感情丰富的心灵中流出来的。这琴声正唱着世界上最美丽的歌，正讲着天下最动人的故事。琴声是从围墙中一幢小洋房的二楼传出来的，院子里有一棵高大的广玉兰，飘出琴声的窗户在树荫的掩隐下显得神秘朦胧。后来我很多次经过这里，站在围墙外面聆听琴声成了情不自禁的习惯。有一次，经过那里时，我没听见琴声，正在我期待琴声出现时，围墙的铁门开了，从里面走出一个穿白色连衣裙的少女，手里拿着一个文件夹，我还没有看清她的脸，她就脚步轻盈地从我的面前走过去了，就像轻轻地飘过去一朵白云……我断定这白衣少女就是《月光曲》的弹奏者。从此，记忆中那美妙的琴声就和白衣少女连在了一起。琴声清澈，少女也清澈，琴声朦胧，少女也朦胧，这既清澈又朦胧的印象，犹如薄云后面时隐时现的皎月……

"文革"之初，一场可怕的风暴袭来。那一天，我经过这条林荫路时，正好遇到一场街头"批斗会"，看热闹者拥塞了马路。那幢曾经飘出《月光曲》的小洋房刚刚被"造反队"抄过家，门口，书籍、家具、艺术品堆积如小山，还有一架三角大钢琴，已经折断了一条腿，也颓然倒在围墙外面。被"批斗"的是一对老夫妇，他们的女儿，也就是我印象中白云一般的少女，也在一边"陪斗"。这一次，还是没有看清楚她的脸，我只看到她散乱的黑发，只听到她悲愤的饮泣。我无法将这可怕而又悲惨的一幕看到结束，逃一般离开了喧嚣的人群……

在人的记忆中，还有什么比这样的往事更不堪回首呢？很多年里，我一直不愿意再走这条林荫路，即便经过，也是绕道而行。清澈而朦胧的月光和少女，都已是昨天的

Heure Recueillir by Henri Le Sidaner
《寻找丢失的时间》（局部）　斯丹纳

这琴声把人和音乐化为一体，把人和晶莹的月光化为一体。

梦，永远也不会复返。然而，当我听到贝多芬的《月光曲》时，心中的阴影在琴声萦绕的瞬间会消散……永恒的音乐就像一只神奇的筛子，筛去了沉积在心灵中的泥沙，让生命中那些诗意盎然的晶莹月夜重新回到眼前，尽管这只是转瞬即逝的瞬间。

最近，很偶然地经过那条林荫路，我发现那幢小洋楼依然像二十多年前一样掩隐在广玉兰浓郁的绿荫之中。这楼房，比记忆中的更为新鲜亮艳，很显然，前不久刚被人装修过。我不知道房子的主人是不是原来的那一家人，不过，它看起来这楼房里住的人家并不衰败。走过那熟悉的围墙时，我不由自主地停下了脚步，因为我听见从楼房里飘出了钢琴的声音。这是一个初学者弹的练习曲，从断断续续的琴声中，我可以想见那双在琴键上犹豫不决的紧张的手，那一定是一双孩子的手……传出琴声的依然是原来的那个窗口！

我在围墙外站了很久，我不知道自己在期待着什么。是期待当年那诗一般、梦一般的《月光曲》吗？明明知道这个想法很可笑，但我还是默默地站着。直到那扇铁门打开，有人从里面出来，用诧异而警惕的目光扫视我，我才狼狈地离开……

我慢慢走远，身后的琴声越来越模糊。这时，发生了一件奇怪的事情，在我耳畔飘忽的琴声，突然变得异常优美，那旋律，竟是熟悉的《月光曲》，优雅流畅一如当初……我无法弄清这究竟是真实还是我的幻觉。因为隔得远，琴声并不连贯，但在我的心里，所有的空隙都已被笼罩着月光的回忆填满……美妙如初的，只有音乐！❀

夜半琴声

　　肖邦被人称为"钢琴诗人"，这是一个非常妥帖的称号。琴声如诗，超越了时空，在不同国度不同时代的人们心中回荡。有些情绪，可意会而难以言传，只有音乐才能把这样的情绪表达得淋漓尽致。这些音乐的诗歌，比文字的诗歌更传神。我喜欢肖邦，这位"钢琴诗人"创造的美妙音乐，比世界上大多数诗人的作品更深入人心。他的钢琴曲中，有些旋律也许是古典音乐中最能拨动听者心弦的。他的优美中蕴涵着忧伤，他的文雅中涌动着激情，他的欢快中潜藏着愁绪，他的宁静中埋伏着不安。他的大多数作品不需要乐队，只要一架钢琴，便能上天入地，让曲折的诗情翱翔远飞。他的钢琴奏鸣曲、夜曲、圆舞曲、玛祖卡舞曲、波兰舞曲、前奏曲、即兴曲、幻想曲、变奏曲、摇篮曲、船曲，都是钢琴的独语。钢琴像一艘奇异的小船，被诗人驾驶着，无所不能，无处不达，所有的梦想和憧憬都能在琴声中实现。

　　三十年前，我在崇明岛"插队落户"。那时，我的生活中几乎没有音乐。夜里，风吹打着屋外的竹林，窸窸窣窣的声音犹如陌生人神秘的低语。一天深夜，我躺在蚊帐里打开那台半导体收音机，飘忽的电波中，断断续续传来雄浑的管弦乐旋律。这是一家我不熟悉的电台，当时我曾想，也许是海风把这电波吹到了我这里。我不敢将音量开大，然而我还是不愿意放弃这难得听到的音乐。电台的信号游移不定，必须不断调整频率才能听清楚。管弦乐像大海的波涛，在星月暗淡的夜空下汹涌起伏，时隐时现。这是我从没听过的音乐，然而却似曾相识，好像有点耳熟。突然，一艘小船出现在浪峰上，小船光芒四射，把夜空和波涛映照得一片通亮。这小船，是钢琴。琴声被管弦乐烘托着，又引领着乐队走向远方。我一边调节着收音机旋钮，一边屏息静听，唯恐遗漏其中的旋律。这是一部钢琴协奏曲。第一乐章气势恢宏博大，仿佛有人在用庄严悲凉的声音倾吐心中的激情，那种悲凉，在我的心里激起强烈的共鸣，它使我联想起陈子昂的诗："前不见古人，后不见来者，念天地之悠悠，独怆然而涕下。"第二乐章是优美柔曼的抒情，活泼的琴声犹如一个心情急切的游人在山水间寻觅胜景，然而山重水复，云雾茫茫……听第三乐章时，电波受到了干扰，音乐含混不清，我竭尽全力，也无法将频道调节好。留下的印象，是从遥远的海上传来一个落水者时续时断的呼救，那微弱的呼喊不时被呼啸的风声打断。音乐结束时，我听到了播音员的介绍，这是肖邦的《第一钢琴协奏曲》。

这次经验，使我对肖邦有了和以前不同的看法。那个能写美妙绝伦的《升C小调圆舞曲》和优美夜曲的肖邦，原来也能写如此博大深沉的协奏曲。作曲家情感的丰富和曲折，使人叹为观止。我以为此后天天都能收听到这家电台的音乐节目，然而奇怪的是，第二天晚上，我那台半导

Stormy Seascape by Claude Monet
《暴风雨中的大海》（局部）莫奈

突然，一艘小船出现在浪峰上……

体收音机里便再也找不到这家电台，以后也没有找到。我不知道是我的收音机太蹩脚，还是那家电台失踪了。不过，肖邦的《第一钢琴协奏曲》却留在了我的记忆里，尽管它残缺不全。

现在，我已经有了全套的肖邦钢琴曲唱片，可以随心所欲地选择听他的作品。我常常听的作品中，就有他的《第一钢琴协奏曲》。同一段音乐，在不同的时间，不同的地点，以不同的心情去听，体会可能完全不一样。然而每次听肖邦的《第一钢琴协奏曲》时，我都会情不自禁地想起三十年前的那个夜晚，想起那种沉醉和焦灼交织在一起的神秘气息。🌀

伏尔塔瓦河

我很晚才知道斯梅塔那这个名字。但是，他用音乐描绘的一条河流，却很早就在我的心里溅起浪花。这条河，便是流淌在波希米亚平原上的伏尔塔瓦河。这条蓝色的河流，是捷克人的母亲河，它之于捷克人，就像长江和黄河之于中国人。它哺育了世世代代的波希米亚儿女，也哺育了斯梅塔那和德沃夏克这样伟大的音乐家。

第一次听到《伏尔塔瓦河》时，我的灵魂就受到了震撼。这种震撼不是突如其来的，它随着音乐的涛声，平缓地、不慌不忙地从远方流过来，这是一条博大的河流，它波涛滚滚，气势浩大，却不张扬，也不喧嚣浮躁。开始的时候，你仿佛是站在一片山坡上，远远地听见它的涛声，看到它那银色的光芒在天边一闪一闪。它似乎是留恋着两岸的森林和群山，并不急于流到你的脚下。然而它的流动却不可阻挡，它迈着沉着有力的脚步，浑厚地漫流过来，就在不知不觉中，它已经慢慢地把你包围，把你笼罩，把你卷入它那浩浩荡荡的波涛中，使你身不由己，随着它深沉美妙的旋律沉浮漂荡……

在音乐的涛声里，我感觉到了一种深沉的激情，这是饱蕴着依恋和爱、满怀着向往和憧憬的激情，这激情发自肺腑，发自灵魂深处。这种激情不是虚无缥缈的，它是那么具体，那么执着，它由远而近，由弱而强，由细微而澎湃，由悠远的低声吟唱发展成惊天动地的引吭高歌……

在音乐的涛声里，我竟激动得不能自已，泪水情不自禁地湿润了眼眶。在我模糊的视野中，出现的是熟悉的景象：黄浦江，小时候在江上游泳，看江面上樯帆林立，金鳞闪烁，江边的楼房在水雾中忽隐忽现……烟波浩渺的长江入海口，我的家乡，那个起伏在天水之间的绿岛……

音乐描绘的是一条异国的河流，为什么我会联想起自己家乡熟悉的景象？因为《伏尔塔瓦河》所表达的激情，使我感到既新鲜又熟悉，新鲜的是它优美动人的旋律，熟悉的是这旋律中蕴含的深厚感情。我想，世界上只有一种感情能够抵达如此境界，那就是对自己的祖国，对自己的民族，对"吾土吾民"的深情。用"深沉"这两个字形容《伏尔塔瓦河》，大概是最形象最妥帖的。这是一个凡人对故乡和土地的深情，也是一个艺术家对祖国的深情。这样的深情，在人间的任何一个角落都会引起共鸣。就像肖邦和格里格的钢琴曲，就像西贝柳斯的《芬兰颂》，就像德沃夏克的《自新大陆》，就像李白的"黄河之水天上来，奔流到海不复回"，就像艾青的《大堰河，我的保姆》，就像冼星海的《黄河大合唱》……

《伏尔塔瓦河》是斯梅塔那的交响诗套曲《我的祖国》中的一章。它的主题不言自明。1874 年，斯梅塔那五十岁，这是他生命旅程中灾难性的一年。这一年，他的耳朵因病失聪，失去了对作曲家来说无比宝贵的听力，他成了一个聋子！他的世界成了一个死寂沉默的世界。没有了声音，对一个音乐家来说意味着什么？意味着万籁俱寂，意味着万念俱灰，意味着失去思想、失去想象，失去创造和生存的乐趣？对有些人，也许是这样。但是，一个对自己的祖国和民族充满爱和激情的音乐家，他的灵魂永远不会沉寂，他心中的音乐之翼谁也无法折断，就是在最黑暗最痛苦的空间，它们也要振翅翱翔。失去了听力的斯梅塔那和晚年失聪的贝多芬一样，以前所未有的激情开始了他新的创造。那一年，他辞去了剧院指挥的职务，全身心地投入交响诗套曲《我的祖国》的创作之中。一个聋人，要用音符，用旋律倾诉心中的爱和激情，这似乎不可思议。我无法体会斯梅塔那面对着乐谱时的感觉，但我能想象他的艰辛，能想象他所经历的激动和煎熬。在沉寂之中，他的心里一定涌动着曾使他魂牵梦绕的形象，翻腾着曾使他心旌飞扬的声音。毫无疑问，其中必然有伏尔塔瓦河的波澜和涛声。斯梅塔那曾经这样用文字解说《伏尔塔瓦河》："它有两个源头——流过寒风呼啸的森林的两条小溪，一条清凉，一条温和。这两条溪水汇合成一道洪流，冲着卵石哗哗作响，映着阳光闪耀光芒。它在森林中逡巡，聆听猎号的回音；它穿过田野，饱览丰收的景象。在它两岸，传出乡村婚礼的欢声，月光下，水仙女唱着迷人的歌在浪尖上嬉闹。在河畔荒凉的悬崖上，保留着昔日光荣和功勋的那些城堡废墟，谛听着它的波浪喧哗。顺着圣约翰峡谷，它奔泻而下，冲击着危岩峭壁，发出轰然巨响。然后，河水更广阔地奔向布拉格，流经古老的维谢格拉德，现出它全部的瑰丽和庄严。伏尔塔瓦河继续滚滚向前，最后同易北河的巨流汇

Ile Lacruix, Rouen. Effect of Fog by Camille Pissarro
《雾中鲁昂》（局部） 毕沙罗

第一次听到《伏尔塔瓦河》时，
我的灵魂就受到了震撼。
这种震撼不是突如其来的，
它随着音乐的涛声，
平缓地、不慌不忙地从远方流过来。

合，并消失在远方……"这是何等具体生动的形象。斯梅塔那整整花费了五年时间才完成《我的祖国》，而《伏尔塔瓦河》是其中最动人的乐章。

《我的祖国》首演时，斯梅塔那坐在听众席上，他听不见自己描绘的这条母亲河的涛声，但他能看到周围的人们激动的神情，能看到他们眼角晶莹的泪光。当所有人站起来向他欢呼时，他的视野里一片模糊。他闭上眼睛，听不见人们的鼓掌和喝彩，心里一片宁静。这是经历了大悲大喜之后的宁静，他知道，他在沉寂中倾吐的爱和激情，他的同胞们听懂了，也感动了。对一个音乐家来说，还有什么比这更令人欣慰的呢？

我最初听《伏尔塔瓦河》，是在很多年前，记得是由捷克爱乐乐团演奏的，指挥是谁，记不清了。不过，我相信，那位指挥和乐队的演奏家们一定深深地被斯梅塔那的爱和激情所感染，一定深深陶醉沉浸于他描绘的那条光芒四溢的长河。他们会因为自己的祖国有斯梅塔那这样的音乐家而自豪，也会因为有《伏尔塔瓦河》这样的作品而激动。这样的音乐，是无须作什么解释的，然而由斯梅塔那的同胞来演奏，感觉大概会不一样。现在，我收藏的唱片中，有三个版本的《伏尔塔瓦河》，一个是格哈德指挥伦敦国家爱乐乐团的版本，一个是库贝利克指挥波士顿交响乐团的版本，最后一个是由女长笛演奏家斯坦伯格用长笛吹奏的《伏尔塔瓦河》。三个版本，差别很大，但是有一个相同点：都是深沉辽阔，激情洋溢，每次倾听，我都会产生和第一次听到它时相同的感觉。值得一提的是斯坦伯格的长笛。在音乐的汹涌洪流中，她的长笛像一朵晶莹的浪花，在洪流的浪峰上奔濯闪耀，她把自己融化在这洪流中，又以无比自然的姿态，将这洪流引向辽阔的远方……

我想，被斯梅塔那用音乐描绘出来的这条河流，已经为全人类所共有了。

钻石和雪花

　　大概是在二十四年前，在一个阴雨的夜晚，在一间没有窗户的小黑屋里，我打开一台老式电唱机，小心翼翼地将一张旧唱片放入唱机，然后屏住呼吸，等待着音乐出现。在一阵金属唱针和胶木的吱吱摩擦声之后，突然响起了沉重的鼓声。虽然我不敢将音量放大，但那鼓声还是使我感到惊心动魄，它们犹如痛苦的呐喊，也像一个巨人的脚步声，缓缓地，一声一声轰鸣着向我逼近……很快，雄浑的鼓声便被优美的弦乐淹没，接下来展开的乐章一段又一段攫住了我的心，它们带我上天入地，带我穿过雷声隆隆的雨幕，越过峻岭和幽谷，把我引向从未到达过的奇妙境界。起初，我觉得它非常像贝多芬的交响曲，然而不是。这是勃拉姆斯的《c 小调第一交响曲》。那一夜，是我第一次听到勃拉姆斯的音乐，也是第一次知道勃拉姆斯这个名字。他在阴雨绵绵之中推开了我的门窗，使我知道，在这个世界上，还有和贝多芬的音乐一样雄浑博大的音乐。

　　此后，我一直设法寻觅勃拉姆斯的音乐，然而说起来可怜，在二十多年前，要在中国找一张勃拉姆斯的唱片，竟难如登天。一直到 20 世纪 80 年代，我才陆陆续续听到了一些勃拉姆斯的作品，譬如他的《摇篮曲》《海顿主题变奏曲》《D 大调小提琴协奏曲》《降 B 大调第二钢琴协奏曲》

《b小调单簧管五重奏》《德意志安魂曲》等。这些作品都使我感动，它们不时使我联想起贝多芬，联想起巴赫，联想起莫扎特，联想起和他同时代的音乐大师，然而他显然又不同于他人。他不像贝多芬那样总是激情磅礴，不像巴赫那样总是沉稳庄重，也不像莫扎特，把世间的一切都转化成优美的旋律。他的音乐中，有一种欲言又止的惆怅，有一种深藏不露的忧郁，有一种隐隐约约的哀怨，这些情绪，仿佛清波下的暗涌，使奔濯的流水变得深不可测。我喜欢凝视倾听这样的流水，在它们的涛声里，我的眼前浮现出关于勃拉姆斯的动人的故事，这故事，正是那些暗涌的源头……

1853年9月30日，二十岁的勃拉姆斯在小提琴家约阿辛的陪同下去拜访舒曼。舒曼当时的名声如日中天，他是成就卓著的作曲家，也是权威的音乐评论家。舒曼的妻子克拉拉是名扬欧洲的钢琴家。生性内向腼腆的勃拉姆斯敬仰他们，却一直没有勇气去拜访他们。他曾经将自己谱写的钢琴曲寄给舒曼，不知什么原因，被原封不动地退了回来，这使他感到自己和舒曼之间距离遥远。如果不是好友约阿辛的鼓励，他可能永远不会踏进舒曼的家门。这次拜访，成为勃拉姆斯的一生的转折点。舒曼见到勃拉姆斯，一点也没有摆架子。还没说几句话，舒曼立即将他带到钢琴前，让他弹奏他自己作的钢琴曲《C大调奏鸣曲》。勃拉姆斯才弹了几节，舒曼眼睛一亮，示意他停止，接着大声喊："克拉拉，你必须来听一听！"于是，克拉拉也来到了客厅里。在勃拉姆斯眼里，美丽的克拉拉翩翩如天仙，克拉拉的微笑，使他心灵如受电击。这一瞬间的融洽感，将发展成长达四十余年的情谊，成为人类情感史上难得的一页。那天，舒曼家的客厅里回旋着勃拉姆斯的琴声，在琴声里，舒曼和克拉拉都看到了一个伟大的音乐家的影子，他们感到他的钢琴曲如同"蒙着面纱的交响乐"，他们为此激动不已。勃拉姆斯弹奏时，克拉拉一直默默地注视着他，她的温和的微笑使勃拉姆斯如沐春风。克拉拉后来在日记中这样记载：

"他为我们演奏他自己写的奏鸣曲、诙谐曲和其他一些曲子，这些乐曲表现出丰富的想象力、深厚的感情和对曲式的驾驭能力。罗伯特（即舒曼）说，实在无法说出还要增减什么。看见他坐在钢琴前，的确令人感动！他有一张令人感兴趣的年轻面孔。当他演奏时，这张面孔显得美极了。他有一双漂亮的手，这双手克服了最大的困难……他为我们进行的演奏是那么炉火纯青，让人感觉他是好心的上帝定做的。他有远大的前程，因为一旦他开始创作管弦乐曲，他将为他的天赋找到第一个真实的创作领域。"

而舒曼，那天在日记上只记了一句话："勃拉姆斯来看我了，他是一个天才。"

此后，舒曼便不遗余力地推荐、介绍勃拉姆斯。他们见面的一个月后，舒曼在他主编的《新音乐杂志》上写了一篇题为《新的道路》的社论，高度评价了勃拉姆斯的才华，使勃拉姆斯的作品开始被德国音乐界关注。舒曼在他的文章中这样说："他的突然来临，是由上帝选来代表这个时代最崇高的精神。"而克拉拉则开始在她演出中激情洋溢地弹奏勃拉姆斯的作品。对勃拉姆斯的每一部新作，她都会坦率诚挚地提出自己的看法。勃拉姆斯成为舒曼家庭中最亲密的朋友。勃拉姆斯深深地爱上了年长他十三岁的克拉拉，然而他敬重舒曼，他不愿意伤害恩师，只是把那份恋情深藏在心底。勃拉姆斯拜访舒曼的第二年，舒曼因精神病住进了医院，为防止病情恶化，医生禁止克拉拉去医院探望。带着六个孩子的克拉拉坠入痛苦艰难的深渊。这时，勃拉姆斯来到舒曼家，他安慰克拉拉，代她去医院探望舒曼。在克拉拉出门演出时，他为她照顾年幼的孩子们，成为孩子们亲切的"玩伴"。那两年中，勃拉姆斯的爱和帮助对克拉拉来说几乎意味着一切。后来，克拉拉曾经这样向她的儿女们解释她和勃拉姆斯之间的关系："不管一个人有多么不快乐，上帝都会将他的慈爱传达给每一个人，我们必须为这样的事实而庆幸。虽然我拥有你们，但那时候你们太小，很难了解你们亲爱的父亲，而且也因为太年幼难以体验任何巨大的悲痛。在那痛苦的数年中，你们无法给予我任何安慰。虽然拥有希望，但那时候单单依靠希望活下去是很不容易的。后来，勃拉姆斯出现了。你们的父亲爱他、尊重他胜过这世界上任何一个男人。他以一个忠实的朋友的身份来分担我的不幸。他使我伤痛的心变得坚强，让我振作精神，而且尽他所能来抚慰我的心灵。事实上，他是位患难与共的朋友，而且是我唯一的支柱。"1856年7月29日，舒曼逝世。在送葬的行列中，勃拉姆斯和舒曼的几个最亲密的朋友一起抬着舒曼的灵柩走向墓地。舒曼逝世后，勃拉姆斯不能再待在克拉拉的家里了，传统世俗的目光犹如利剑，从四面八方向他们两人射来。勃拉姆斯离开时，克拉拉送他去火车站。那天，克拉拉心烦意乱，她在日记里写道："这简直是另一场葬礼。"

然而，勃拉姆斯和克拉拉的情谊远远没有结束，它只是刚刚开始。舒曼逝世后，勃拉姆斯始终是克拉拉最忠诚的朋友，在她困苦的时候，勃拉姆斯总是出现在她的身边，给她帮助和安慰。也许，正是因为勃拉姆斯太珍惜他对克拉拉的爱情，他才那样将爱深藏在心底，只是以一个朋友的身份出现，无微不至地给她帮助和安慰。舒曼去世后，勃拉姆斯本可以向克拉拉倾诉爱慕之情，向她求婚，然而他保持着沉默。他知道克拉拉依然念念不忘舒曼，在克拉拉写给勃拉姆斯的每一封信中，她都提及她和舒曼的婚姻，这是一种直接的提醒，也是一种委婉的拒绝。实际上，在克拉拉的后半生中，没有什么比勃拉姆斯的关心和爱更重要的了。在两种不同的传记文字中，我看到两种不同的说法。一种说法是，克拉拉曾写过很多流露出深情的信给勃拉姆斯，但都没有寄出；另一种说法是，勃拉姆斯曾写过不少向克拉拉求爱的信，但全都撕了。我不知道这两种说法哪种更准确，但它们告诉我这样一个事实：这两个相爱的音乐家，却无法逾越横隔在两人之间的障碍，他们都压抑着心中的爱情。他们互相思念着，互相守望着，在爱情的根基上，成长出的是友谊的绿荫。我看过弗朗克·迪科塞尔的油画《和谐》，表现的便是勃拉姆斯和克拉拉之间的情谊。画面上，克拉拉沉浸在音乐里，她在弹琴，她的双手在琴键上跳动，目光却眺望着远方。年轻的勃拉姆斯坐在钢琴边，他的右臂倚在钢琴上，手掌托着脸颊，凝视着克拉拉的眼睛，目光里流露出来的是爱慕和崇拜，还有深深的哀愁。从窗外射入的一脉阳光，把他们两人笼罩在温暖的金色之中……这两个音乐家之间这种不开花也不结果的爱情，并没有妨碍他们对艺术的共同追求。勃拉姆斯当时便被人们认为是贝多芬的传人，然而在贝多芬的光芒中，勃拉姆斯有着沉重的负担，他曾经这样对人说："你完全不能理解听到巨人的脚步声时，是什么样的感受。"这"巨人的脚步声"，便是指贝多芬的交响曲。勃拉姆斯的《c小调第一交响曲》写得极其艰难，前后竟用了十七年，在世界音乐史上，也许绝无仅有。《c小调第一交响曲》，是在克拉拉的关注和鼓励下写成的。克拉拉曾在一封信中启发他："暴风雨的天空可以孕育一部交响曲。"而勃拉姆斯给她的回信，就是《c小调第一交响曲》的第一乐章，那由沉重的雷声引发出的美妙绝伦的旋律。他把交响曲的每一部分曲谱都寄给克拉拉，让她体会他心中的激情，请她对作品提意见。交响曲的最后一个乐章中，有一段美妙的法国号独奏，旋律来自阿尔卑斯山的民谣，民谣的歌词是："在高高的山巅上，在深深的幽谷中，我千万次向您致意。"克拉拉收到勃拉姆斯的这部分乐谱时，禁不住热泪沾襟……《c小调第一交响曲》问世后，引起巨大的反响，有人觉得这简直是贝多芬的《第十交响曲》，然而勃拉姆斯又显然不同于贝多芬，没有人能否认他成功的创造。有人评论，这部交响曲为勃拉姆斯的声誉奠定了不朽的基石。而人们并不知道，这部不同凡响的交响曲，和克拉拉有着千丝万缕的关系。

舒曼逝世后，克拉拉守寡四十年，始终未嫁人。而勃拉姆斯，则终身未娶，至死孑然一身。克拉拉去世时，勃拉姆斯不在她身边，他从远方赶回来时，克拉拉已经下葬。勃拉姆斯一个人来到克拉拉的墓地，颓坐在她的墓穴边，泪水沿着他苍老的脸颊，沿着他灰白的胡须，滴落在松软的墓地上……一年后，勃拉姆斯也与世长辞。这是人间的悲剧，也是两个高尚灵魂为世界留下的一首优美凄楚的长诗。这样的感情，大概会让很多视爱情如儿戏的现代人难以理解，但你怎能不对他们这种感情由衷地产生敬意呢？

了解勃拉姆斯和克拉拉之间的故事后，再听勃拉姆斯的音乐时，便仿佛能听出很多弦外之音来。其实，勃拉姆斯并没有压抑自己的情感，他用音乐宣泄了自己对克拉拉的爱，他把那种刻骨铭心却又无望的爱情，全都用音乐倾诉了出来，那种惆怅，那种忧郁，那种哀怨，那种发自灵魂的呼唤，曾经拨动了多少热爱音乐、向往爱情的人的心弦。

最近，我常常听勃拉姆斯的《e小调第四交响曲》，这是他写的最后一部交响曲。指挥家克雷伯指挥维也纳爱乐

Morning Sunlight on the Snow by Camille Pisscarro ▸ p062
《晨光映雪》 毕沙罗

在勃拉姆斯的音乐中，
回荡着深沉挚切的赤子之心，倾诉着他对爱情的渴望。
在钻石般透明澄澈的天空中，飞扬着晶莹柔软的雪花。

乐团将这部交响曲诠释得无比精美。我觉得这部作品是勃拉姆斯对自己一生的回顾，凄美忧伤的旋律，从头至尾回荡着无可奈何的叹息。勃拉姆斯的好友、小提琴家约阿辛曾这样描述勃拉姆斯，说他像"钻石般纯真，雪花般柔软"。这样的描述，不仅是赞赏他的人格，也是赞赏他的音乐。在勃拉姆斯的音乐中，回荡着深沉挚切的赤子之心，倾诉着他对爱情的渴望。在钻石般透明澄澈的天空中，飞扬着晶莹柔软的雪花。✿

音乐和画

　　音乐和画，似乎没有直接的联系。不过，我相信，作曲家在构思旋律时，眼前一定会出现与音乐相关的画面。这画面，也许是幻想中的故事，也许是记忆中的景色，也许是一个难忘的人，他（或她）的微笑、叹息或者一个特定的动作和眼神……而听者在欣赏这音乐时，心里出现的也许是完全不同的景象。这一点也不奇怪。儿子三四岁时，我就常带他到音乐厅去听交响乐，他居然能一两个小时安安静静地坐着，和周围的成人一样沉浸在音乐中。儿子并不是神童，也和其他孩子一样好动，能使他安静地坐着听音乐的，是因为音乐中的画面。每段音乐开始时，我总是在他耳边轻轻地提示："听着，现在树林里起风了，一个长翅膀的小精灵，正在林子里跳舞，它会遇到很多小动物，你等着……"这样的提示，常常是我的即兴编造，有了这样的提示，儿子就会展开想象之翼，在陌生的音乐中看到他所向往的画面。有一次，我们一起听俄罗斯音乐家莫索尔斯基的钢琴组曲《展览会之画》，我尽我的想象叙述着音乐所描绘的画面——蹒跚的侏儒，在蛋壳中舞蹈的鸡雏，在乡间小道上颠簸的牛车……儿子听得入了迷，在活泼跳跃的琴声中，忍不住笑出了声音。听完音乐，他还用蜡笔画了一幅《鸡脚上的小屋》：一只鸡脚上，歪歪斜斜长出一幢有着圆顶和尖顶的城堡……

《展览会之画》是莫索尔斯基在参观了画家哈特曼的画展后创作的。音乐家这样直接用旋律刻画美术作品，而且描绘得色彩斑斓，这大概算是莫索尔斯基的创造。我曾在自己的画册中寻找哈特曼的画，但找不到。后来，听到被拉威尔改编成管弦乐的《展览会之画》，感觉比钢琴曲更丰富，然而和莫索尔斯基的原作相比，韵味有很大的改变，那种单纯的童话色彩没有了。20世纪90年代初，我在圣彼得堡参观冬宫的博物馆时，看到了一幅哈特曼的油画，画面是黑森森的宫殿，蛰伏在阴郁的天空下，像一头疲惫的困兽，全然没有莫索尔斯基钢琴曲中的那种诙谐和活泼。我无法想象上一个世纪的哈特曼画展是怎样一种景象，这黑森森的沉重的宫殿，大概不会是画家风格的全部，否则，莫索尔斯基怎么可能写出如此活泼的曲调。再一想，音乐和画，毕竟不是一回事，莫索尔斯基写《展览会之画》，当然是一种全新的再创造。如果请一个懂音乐的画家根据这音乐作画，画出来的画绝对不会和哈特曼的作品一样，就像我的儿子，让歪斜的宫殿长在鸡脚上，哈特曼是不会这样作画的。

在圣彼得堡，我住的宾馆对面是著名的亚历山大涅瓦修道院，修道院的墓地中，长眠着许多俄罗斯音乐家，其中就有莫索尔斯基。在莫索尔斯基的墓前，面对着他的塑像，我的心里回荡着《展览会之画》的旋律，在活泼诙谐的音乐中，眼前这位表情严肃的音乐家在我心里变得非常亲切。

心动时刻

　　终于有机会听了全场的《叶甫盖尼·奥涅金》。这是根据普希金的著名长诗改编的歌剧，作曲者是柴科夫斯基，由名扬四海的指挥大师瓦莱里·捷尔吉耶夫率领俄罗斯马林斯基乐团在上海歌剧院演出。还要感谢上海大剧院，如果没有这样一个出色的剧场，我们大概很难有机会看这样高水平的俄罗斯歌剧。而这部歌剧，大概也只有像马林斯基乐团这样的俄罗斯乐团才能演唱得原汁原味。

　　柴科夫斯基把《叶甫盖尼·奥涅金》谱写成歌剧，是一个大胆的选择。在俄国，普希金的作品是经典，谁也不敢随便改动。也只有柴科夫斯基这样的作曲大师，才可能毫无愧色地将自己的名字和普希金连在一起。歌剧《叶甫盖尼·奥涅金》的问世，是俄罗斯音乐史上的一个伟大事件，在这部歌剧中，柴科夫斯基在歌剧创作方面最重要的美学原则得到了充分的体现。在莫斯科郊外的一个庄园里，柴科夫斯基创作了这部歌剧的大部分，俄罗斯美妙的大自然给了他激情和灵感。而完成这部歌剧，是在歌剧的发源地意大利。马林斯基乐团无可挑剔，捷尔吉耶夫像一个成竹在胸的船长，随心所欲地指挥着他的航船在辽阔的洋面上行驶。普希金的长诗变成了音乐，在舞台上流动，那些熟悉的人物，熟悉的诗句，此刻被歌唱家们用诗人的母语唱了出来，实在是妙不可言。达吉雅娜在卧室里给奥涅金写信的那场戏，给我的印象深刻。在普希金的长诗中，这是最为著名的一段，少女达吉雅娜的真挚、清纯和痴情，被普希金刻画得细致入微。饰演达吉雅娜的女高音歌唱演员帕夫罗福斯卡娅并不漂亮，她的歌声却把达吉雅娜的内心世界表达得淋漓尽致，虽只是一个人在舞台上，却让人看了一个幽深曲折、像春天的花园一样绚烂多姿的心灵世界。这样的心灵世界，只有歌声才能描绘。奥涅金和连斯基决斗的那场戏，也使人难忘。朋友间的误解和一时的激愤，导致了非理智的冲突。友谊变成了你死我活的决斗，两位演员用他们的演唱很充分地展现了人物矛盾的心理，尤其是连斯基，在决斗前，对生命和爱情的留恋，对友谊的回忆，使他陷入难以言状的痛苦中，那段回旋起伏的咏叹调，是人世间最哀伤的声音。决斗产生的悲剧，任何人也不愿意看到，然而悲剧还是无可避免地发生了。活下来的奥涅金决不会是胜者，他将终身受到良心的谴责。演奥涅金的莱福库斯以深沉的男中音唱出了人物心中的波澜。歌剧的结局被处理得很简洁，已经成为公爵夫人的达吉雅娜拒绝了奥涅金的求爱，转身离去，让奥涅金一个人怅然留在舞台上。留给观众无穷的回味。在长诗中，普希金塑造了一个很风趣的老人——达吉雅娜的乳娘。在歌剧中，这也是一个让人难忘的人物。饰演乳娘的歌唱家是一位天才女中音，那纯厚优美的嗓音，将一个善良幽默的老人演绎得活灵活现。记得在长诗中，奥涅金和达吉雅娜重逢时，达吉雅娜曾很伤感地告诉奥涅金，乳娘已经去世，她这样对奥涅金说："在那里，一个十字架，一片树荫，正覆盖着我的乳娘……"在歌剧里，乳娘声音的消失也使人感到遗憾。在谢幕的时候，观众很自然地把长时间的掌声和喝彩献给了她。

谢幕前有一个小插曲。演员们正在台上整理布景时，大幕突然拉开，演员们来不及躲避，这几个演员正是奥涅金、达吉雅娜和公爵。在大幕拉开的瞬间，他们愣了一下，但马上站定了不动，成为一组雕塑。达吉雅娜在舞台左侧，仿佛低头沉思，两人各靠着一根柱子，虽近在咫尺，却远隔重洋，奥涅金在舞台右侧，凝视着达吉雅娜，脸上带着迷惘。而公爵在后面的一根柱子背后，露出半个身体，好像正在窥视着什么。这样的造型，就像是导演事先的安排，使人对整个故事，对其中的人物关系，对奥涅金遭到达吉雅娜拒绝后的心情和未来的去向，产生丰富的联想。接下来的正式谢幕，其场面的热烈难以形容，在有节奏的掌声中，指挥和演员一次又一次被请上台，数不清他们一共谢了多少次幕，热烈的掌声持续了很长时间，直到大幕正式落下，掌声还在回荡。在灯光下，捷尔吉耶夫额头上的汗水晶莹闪烁，坐在前排可以看到汗珠在他的脸颊上滚动。在演出的时候，人们只能看到他一个模糊的背影，此刻，他的汗水和他神采飞扬的表情，是对这出美妙歌剧的一个极好的注释。人们不愿意离去，很多人手掌拍痛了还不肯停下来。我想，这是爱乐者和文学爱好者发自肺腑的喝彩。

地下音乐会

柴科夫斯基的作品中，若论知名度，大概没有一部能和芭蕾舞剧《天鹅湖》的音乐相提并论。尤其是第一幕和最后一幕，当雪白的天鹅在湖畔翩翩起舞时，柴科夫斯基用极其美妙的旋律倾诉了他对自然和爱情的万千柔肠。这样的音乐，应了中国古诗中的感叹：此曲只应天上有。

在"文革"期间，《天鹅湖》在中国被剥夺了存在和流传的权利。当时的大部分年轻人根本不熟悉《天鹅湖》的旋律，很多人甚至连《天鹅湖》是什么都不知道。那时，我有一台电唱机，因此我经常偷偷地放一些旧唱片，当一根细细的钢针和那些黑色的唱片摩擦时，收音机中便传出了当时被禁止的音乐。尽管音乐中夹着吱吱的杂音，但我总是听得出神入迷。

一次，一个朋友来访，见我对西方古典音乐如此着迷，便问我："想不想听《天鹅湖》？全场的，一段也不缺。"我以为他和我开玩笑，没想到他真的给我送来了一套《天鹅湖》的唱片。那是四张密纹大唱片，是苏联国家芭蕾舞团大乐队的演出录音。我无法描绘当时得到这四张唱片后的激动，晚上，我一个人把收音机的音量开得很小，先把四张唱片从头至尾放了一遍。几天后，我又约了几个喜欢音乐的好朋友来家里，听说能欣赏到全场《天鹅湖》的音乐，

Sketch for Evening by Wassily Kandinsky
《暮色》 康定斯基

当雪白的天鹅在湖畔翩翩起舞时，
柴科夫斯基用极其美妙的旋律倾诉了他对自然和爱情的万千柔肠。

几个朋友都兴致勃勃。那天，我还是不敢把音量开大，几个人围着电唱机，听得忘记了吃饭。我们闭着眼睛，在音乐中想象舞台上雪白的天鹅翩翩起舞的景象，一个个陶醉其中。大概是听得忘乎所以，我随手将音量开大了，美妙的音乐使我忘记了危险。

四张唱片还没有放完，一阵敲门声打断了我们的美梦。我连忙关上电唱机，收起唱片，等《天鹅湖》的余韵在我们的脸上消失得差不多后，再打开门。门外，站着一个面孔严肃的里弄干部，一个以"铁面无私"闻名的中年妇人。"你们在开地下音乐会？"她的盘问很严厉，从她的嘴里脱口而出的"地下音乐会"这个新名词，也是自然而流畅。"你们不坦白，我只能报告派出所了！"她临走时留下了很有分量的威胁。

我连夜把《天鹅湖》的唱片还给了朋友，准备接受更为严厉的盘问和审查。过了几天，真有一个民警找上门来。民警的面孔，比里弄干部温和得多。我如实告诉他，我们听的是《天鹅湖》，是柴科夫斯基的音乐。为了让他明白，我解释道："你看过苏联电影《列宁在 1918》吗？里面就有《天鹅湖》。"《列宁在 1918》是当时能够放映的极少几部外国电影之一，几乎是家喻户晓。没想到这样的解释使我得到了开脱。"哦，《列宁在 1918》，那当然没问题。"于是，一场虚惊就这样过去了。前些年访问俄罗斯时，我在圣彼得堡的莫索尔斯基剧院看《天鹅湖》。在《天鹅湖》的故乡，听着柴科夫斯基的音乐，看着雪白的天鹅在蓝色的舞台上翩翩起舞，我又想起了许多年前的那次"地下音乐会"。这种感觉，真是恍如隔世。❀

无形的手指

    很多年前，我曾经在很长一段时间住在一间没有窗户的小黑屋里，我在黑暗中写作，陪伴我的是美妙的音乐。音乐驱逐了黑暗，使我看见了无数在生活中难以见到的光明景象。除了贝多芬和莫扎特，我也喜欢捷克的作曲家德伏夏克。德伏夏克的旋律大多深沉优美，那种辽阔宽广、洋溢着生命活力的波希米亚和斯拉夫气息，让人一扫在狭隘空间产生的局促感和郁闷，随音乐展开幻想的翅膀，向往那理想中的神奇境界。那时根本没有什么高级的音响设备，只有一台很简单的录音机，但从那里传出的德伏夏克的旋律，一样美妙而激动人心。

    德伏夏克最著名的作品，当然是 *From The New World*，即《第九交响曲》，也就是人们熟知的《新世界交响曲》或《自新大陆》。对这部作品，有很多解释，但我听它时，从来不管那些解释，只是用自己的心灵和感情来感受它，欣赏它，联想它。每一次，它都会使我感动不已。我喜欢它的第二乐章，那种浑厚安详、优美悠远的旋律，可以为我展开一片生机盎然的天地。这天地，有时是我曾经游历过的自然景观，有时是让我难以忘怀的某个瞬间，这样的瞬间常常交织着欢乐和悲伤，是一种复杂而又微妙的情绪，是对人生的独特深刻的感悟。譬如说，我常

Shipwreck on the Coast by Eugène Delacroix
《岸边沉船事故》（局部） 德拉克罗瓦

我常常在《自新大陆》第二章的旋律中想起我在长
江里的一次生死搏斗，这是一次孤独无援的搏斗。

常在《自新大陆》第二章的旋律中想起我在长江里的一次生死搏斗，这是一次孤独无援的搏斗，我的对手是湍急的江流，江水要把我卷进死神的怀抱，求生的本能使我以超乎常人的毅力游出了险境，抵达江边。当我精疲力竭地躺在江滩上，感觉绿色的苇草轻拂我的肌肤时，心中出现的就是德伏夏克《自新大陆》第二乐章的旋律。我从来没有感到这音乐是这样的亲切⋯⋯

我的情绪一直不为音乐的标题所局限。因为音乐是无形的，它犹如一阵微风，轻轻地从你身边吹过，也像一只看不见的手指，很随意地拨弄着听者的心弦。如果心领神会，那么你可以在音乐中作自由自在的漫游。有的人不为所动，因为他的心中没有那一根弦；或者曾经有过，却因为尘封太久而锈迹斑驳，很难再被拨动。这是多么令人遗憾的事情！也许，当德伏夏克从遥远的地方突然走到你的身边时，你的难得颤动的心弦会和我一样，情不自禁地会发出悠远的共鸣。不信，你可以试一试。

水妖（艾米莫娜）

　　水妖是什么模样？谁也没有看见过。然而我却仿佛置身在幽暗的水底，透过深蓝色的浪波的帘幕，看见它们扭动着腰肢向我游过来。

　　它们气势雄浑，体积庞大，却不是凶恶的怪兽，不是张牙舞爪的章鱼，也不是横冲直撞的虎头鲨。在神秘的海域中，它们仪态万千，不慌不忙，沉着地、目标明确地从遥远的水域中缓缓而来。水波拂动着它们色彩斑斓的裙裾，水草在它们的脚步声中翩翩起舞。它们闪闪发光，幽暗的水底世界因为它们的降临而熠熠生辉。这优雅多姿的一群，把沉寂的海洋深处变成了绚烂的宫殿。所有的水族都目瞪口呆了，它们惊异于这突如其来的艳丽和光彩，屏息凝视着。成群结队的小鱼们也没有因为它们的出现而惊慌失措，依然在水草中优哉游哉……这些美丽而庞大的水妖，它们正在水底下寻找什么？谁也不知道。它们由远及近，汹涌而来，谁也无法阻止它们优美坚定的步伐。

　　这是我在德伏夏克的交响诗《水妖》的旋律中产生的遐想。这并不是望文生义，确实是奇妙的音乐鼓动了我的想象之翼。德伏夏克是我非常喜欢的音乐家之一，他的《自新大陆》，是世上最激动人心的交响曲之一，让人百听不厌。德伏夏克的音乐大多辽阔宽广，激情洋溢，听他的作品，不会产生颓丧闭锁的情绪，他总是能把你带入高天阔地，使你和他一起感受世界的浩瀚和人生的博大。他的音乐中没有那种喜形于色的快乐，也没有那种呼天抢地的悲泣。丰富的感情，全都蕴藏在风波浪涌一般的旋律中，使你遐想联翩，使你思索。德伏夏克的音乐中那种辽远的气息，在其他任何作曲家的作品中都难以找到。交响诗《水妖》在德伏夏克的作品中并不是最著名的，却是很特殊的一部。写这样的作品，作曲家心里一定是有故事和形象的，我不知道他心中的故事和形象是什么模样，大概不会是我想象的那样。我无法在他的音乐中发现狰狞的面孔和妖冶的身段，更没有兽性的咆哮。我相信，德伏夏克心里大概也不会有这样的形象。他描绘的水妖，是心怀着美丽愿望的探索者，它们在海里巡游时跳着奔放的波希米亚舞，它们在想，这个世界，为什么如此缤纷多变？如果德伏夏克再生，对我这样的想象大概会哑然失笑。不过，这无关紧要，每个听乐者都可以根据自己的思想和心境来理解、感受音乐。用音乐描绘的形象生动却朦胧，最有可塑性，它们能使不同的人产生完全不同的联想。可以为听者提供宽广丰富想象空间的音乐，一定是美妙的音乐。

《水妖》的结尾也是意味深长的。水妖们终于停了下来，它们也许是被海底迷人的景色吸引，流连在蓝色的梦幻世界中驻足不前。静止的沉思和陶醉，使原来那一阵阵坚定的脚步声变成了悠长的叹息。这时，远方发出了轻微而明亮的声响，这是对这些探索者的召唤。水妖们从沉醉中醒来，又踏上了寻求的道路，那优美坚定的脚步声重又响起，由重而轻，由近及远，渐渐消失在遥远的地方。然而，奇异的脚步却没有消失，音乐停止了，它们依然长久地在我的心里回荡……

三重奏

　　我曾在上海大剧院听挪威的格里格三重奏音乐会。这是一个由三位演奏家组合成的室内乐队，组建才十二年，以演奏格里格的作品闻名，曾在世界各地巡回演出。三位演奏家都是三十来岁，小提琴家索尔夫·西格兰德，大提琴家是一位女性，名叫艾伦·玛格丽特·弗列斯约，钢琴家维比昂·安维克。格里格是我喜欢的音乐家，他的作品中没有庸俗和甜腻，也没有故弄玄虚的艰涩和故作激烈的慷慨。我喜欢他的明朗和宽广，喜欢他的深沉和雄浑。他的钢琴小品，在同类作品中最为动人，活泼和恬静、潺湲和激越，竟能交融在同一首曲子中，令听者情绪跌宕，如临仙境。他的作品，能把人带入北欧辽阔的平原和苍莽幽深的大森林。今夜，格里格的三位同胞将向中国人展示的格里格，又将是何等的模样呢？格里格在欧洲的音乐家中是独树一帜的，他和德国和英法的作曲家们都不一样，在他的音乐中，有挪威的声音。他曾经为易卜生的戏剧配乐，组曲《培尔·金特》将他的名字和易卜生的名字连在一起，而他的音乐和易卜生的戏剧一样，也成为举世闻名的作品。曾经有来自欧洲的作家这样对我说："没有听过格里格音乐的人，不可能真正了解挪威。"说实话，像我这样一个没有去过挪威的中国人，对挪威的了解，也只是读易卜生的戏剧，听格里格的音乐。一个音乐家，能用心中的旋律传达自己民族的声音，塑造自己祖国的形象，实在是一种难得的殊荣。音乐会的第一首曲子，是格里格的三重奏《相当的行板》。优美舒缓的节奏，犹如秋风掠过树林，起伏的林涛中闪烁着七彩斑斓的色泽，在被风撩动的阳光中，树叶的色彩瞬息万变，用言语难以描绘，只有天才音乐大师才能用音符将它们绘声绘色地捕捉下来，淋漓尽致地漾动在你的耳畔，也呈现在你的眼前。小提琴像一个活泼的孩子在树林里奔跑；而大提琴像一个老人，以稳重而蹒跚的步伐紧随着孩子；钢琴呢，钢琴是林中蜿蜒流淌的溪水，是在枝叶间穿梭游荡的微风。三者交汇，便融合成森林宁静美妙的气息。格里格的后半生，是在森林中度过的，我在画册中看到过格里格的乡间居室，那是木结构的小屋，依山傍水，能看见森林的四时色彩，能听到随风起伏的林涛，也能看到朝阳和旭日如何在天地间播撒变幻无穷的霞晖，当然，也能感受被雨淋湿的世界，欣赏被寒冷而柔软的白雪覆盖的山林。听格里格的音乐，使我联想起他的乡居生活，在三重奏的旋律中，我仿佛看到他正站在那木屋门口，静静凝望着门前的山林，看到他兴致勃勃地走在林间小路上，和孩子们一起听鸟鸣，采蘑菇……

　　听格里格的音乐时，我突然想起了英国作家兼作曲家安·伯吉斯，作为作家和作曲家，他大概都不算最出色，不过他写过一篇文章，却广为流传，那文章的题目是《旋律的奥秘》。文章的大意是，作曲家创作的源头，从来无迹可寻，那些美妙动人的旋律究竟来自何方，谁也说不清楚，

In the Woods by Paul Cézanne
《小树林》 塞尚

优美舒缓的节奏，犹如秋风掠过树林，
起伏的林涛中闪烁着七彩斑斓的色泽……

这是一个永远无法破译的谜。读这篇文章时，我就心存疑惑，伯吉斯先生如此看法，究竟是发自肺腑，还是作文的需要？他也许只是说出了一部分实情，有时候美妙的旋律从天而降，如有神助。作曲家可以把这称为灵感，称为上帝的赋予，不少人这样说过。但如果愿意探根寻源的话，那旋律总是会有些出处的，它必定在作曲者的心灵中萌动过，酝酿过。而最初的动因是什么？不同的人自然有不同的答案。格里格一生都在民间采集民族的音乐语言，收集被很多人认为是不登大雅之堂的民歌民谣，在他的作品中，处处听得见这些来自挪威民间的乡音。他也在神奇莫测的大自然中寻找音乐的源泉，他的音乐中，回旋着多少美妙的天籁？我不是作曲家，对有关旋律的问题没有发言权，不过，听格里格的作品时，我在心里又一次对伯吉斯先生的结论充满怀疑。三重奏之后，是格里格的《F大调第一小提琴奏鸣曲》，这是小提琴和钢琴的唱和。浑厚的大提琴退出，并没有影响旋律的曲折和丰富。格里格写过三部小提琴奏鸣曲，这是其中最激动人心的一部。对小提琴家西格兰德来说，这样的作品自然是烂熟于心，手中的琴弓如同出神入化的舞者，在四根银弦上尽情蹦跳游弋。我无法用语言复述音乐，但在小提琴和钢琴的起伏委婉的交流中，我依稀看到了挪威的山林和飞雪……

野蜂飞舞

李姆斯基·科萨柯夫是我非常喜欢的一位俄罗斯作曲家。在中国，人们最熟悉的曲目，大概是他的交响诗《天方夜谭》。国内的交响乐团常常演奏这部作品，确实是优美绝伦，出神入化，能把人引入神话，引入仙境。然而在我的脑海里，除了《天方夜谭》，还有他写的一首很特别的曲子 *The Fight of the Bumble-Bee*，直译的意思应该是《野蜂的搏斗》。这是一首用小提琴演奏的速度极快的曲子，作曲家用使人眼花缭乱的旋律，把野蜂振动着翅膀在天空中旋舞追逐的景象描绘得活灵活现。音乐描绘两群野蜂的搏斗，而且只用一把小提琴表现，实在是妙不可言。现在人们把它译成《野蜂飞舞》，把"搏斗"改成"飞舞"，改得有诗意。我小时候听过一张《野蜂飞舞》的唱片，唱片上的外文我看不懂，也不知是哪位小提琴大师的演奏，但我从音乐中想象到了蜂群的飞旋。我当时猜那是蜜蜂，后来有一位教师看着唱片告诉我，文字上写的是野蜂。蜜蜂和野蜂，飞舞时的景象我想大概差不多。

少年时代，我也拉过小提琴，水平当然很幼稚。《野蜂飞舞》这样的曲子，不要说在琴弦上拉，就连哼出来也难。我曾经能哼出所有我喜欢的音乐，唯独《野蜂飞舞》，我怎么也哼不出来，就像我无法模仿蜂群飞舞的声音一样。然而那欢快的旋律我是那么熟悉，闭上眼睛，它们就在我耳边嗡嗡作响，仿佛有一大群野蜂在我周围飞舞。"文革"时，我到崇明岛"插队落户"，有一年在岛东端的"东望沙"参加围垦。我和无数农民一起，用扁担在海滩上挑出一道长堤，把海水挡在了堤外。然而，围进来的海滩是盐碱地，无法种庄稼，只有稀疏的芦苇和茂盛的盐碱草在白花花的土地上繁衍。要改造盐碱地，先得放水养鱼，冲淡土地中的盐和碱。那年冬天，我被留在"东望沙"看守鱼塘，留下来的还有几位老人。那是一些孤独寂寞的日子，一个人走在荒凉的海滩上，耳边只有凄厉的风声。到了春天，海滩上的盐碱草竟然开出星星点点的小花，那些雪青色的花朵是我记忆中最美的花，它们在荒凉的日子里把春天送回到我的身边。一天早晨，我走在鱼塘边，忽然听到耳边响起一阵熟悉而又亲切的声音：是一大群蜜蜂旋舞着从我身边掠过，向那花开烂漫的盐碱草丛飞去。哪里有花，哪里就有蜜蜂的踪迹，它们是采蜜来了。而在发现蜜蜂的瞬间，我脑海里马上就涌起《野蜂飞舞》的旋律，这旋律在蜂群的伴奏下，变得比从前更清晰更形象，我追随着春风，追随着飞舞的蜂群，全部的身心都被突然出现的音乐包围。当时那种美妙愉悦的感觉，用文字难以表达。"下乡插队"的日子里，我根本无法听到音乐，我曾经以为，那些曾使我痴迷的旋律将永远离我而去，然而事实证明这绝不可能。生命没有中断，生活没有结束，音乐就不会从记忆中消失，没有一种记忆会比音乐的记忆更深刻更恒久。就像那些盐碱草，不管环境如何严酷，只要春风吹来，它们就会烂漫地开花。

The Reeds by Claude Monet

《芦苇》 莫奈

围进来的海滩是盐碱地，无法种庄稼，
只有稀疏的芦苇和茂盛的盐碱草在白花花的土地上繁衍。

天地之间

二十年前，马勒在中国还是一个不为大众熟知的名字。他的音乐更少有人详悉。中国的乐队似乎很少公开演奏他的交响乐，听一位音乐界的朋友说，中国的指挥家们不了解马勒，演奏马勒的作品很难。20世纪80年代末，一个德国指挥家来上海，指挥上海交响乐团演奏马勒的《第二交响曲》，我去音乐厅听了。马勒的交响曲旋律陌生，但气象万千，细腻处如细流涓涓，粗犷时又似地裂山崩，震撼人心。尤其是飘飞在乐队上空的歌声，犹如天上的精灵，时紧时缓地牵动着听者的灵魂。以一个外行的耳朵听来，马勒和他早些时代的古典作曲家之间，似乎没有深壑大谷，没有本质区别。

当时音乐厅里有一个使我难忘的小插曲：坐在我右侧的一位颇有名气的老音乐家（姑且隐其名），在进入乐曲的第三乐章时，竟然仰着脑袋睡着了，他在音乐的伴奏下做梦，鼾声大作。此时，那位德国指挥家正在台上指挥得满头大汗，马勒的旋律在音乐厅里激荡起伏，扣人心弦。而那位老音乐家的鼾声也时起时落，成为交响曲中的不和谐音。碍于他的声望，周围的人都不好意思推醒他。不知道他是被音乐陶醉而入睡，还是因无法接受这样的音乐，无动于衷而启动了瞌睡的神经。永远也没有人知道。这时，我才体会到马勒和中国人之间的距离。乐曲结束时,那位入睡的老音乐家是被掌声惊醒的。他没有欣赏如此精彩的音乐,我替他感到遗憾,而看他若无其事地和人们一起鼓掌的样子,我也为他感到害羞。使我不解的是,马勒为什么无法打动他。

后来,我的唱片柜中也有了马勒的几部作品。听得较多的是他的《第一交响曲》。开始时,我并没有留意介绍这部交响曲的文字,只是以自己的感觉来理解它。

在马勒的《第一交响曲》中,我感受到了世界的辽阔,草原、森林、群山、海、人群、天空,所有辽阔的景象都在他的旋律中展现。马勒的辽阔,没有虚张声势,没有过于精致的铺陈。就像在遥远的地方传来一阵牧笛,幽远而单纯,却将草原的辽阔奇妙地铺展在你的面前。也像在缥缈的云中飘来一阵微风,你却能在风中感觉到暴风雨将至,预感到在宁静之后将有惊雷炸响。在不动声色之中,蕴藏着雷霆万钧的力量。而当惊雷炸响时,你将不为之惊愕,而是由衷地感到振奋。《第一交响曲》另有一个名字:《泰坦》。泰坦是希腊神话中的神灵,是天神和地神之子,融合了天地万灵的伟力和精华。马勒把这样的伟力和精华用他的音乐传神地展现了出来。据说马勒写这部交响曲时,曾以德国浪漫派作家里希特的小说《泰坦》作为蓝本。我没有读过里希特的小说,不知道他在小说里写了一些什么。但在马勒的音乐中,我产生了置身天地之间的感觉,天地博大,宇宙辽阔,而置身其间的人渺小如微尘。奇妙的是,渺小的人,却能将浩瀚的天地包容于心间,并且扩散衍生成如此动听的旋律。博大的宇宙可以淹没一切，却不能吞噬心灵，心灵比宇宙更丰富更博大，人类的音乐证明着这一点。我没有机会听马勒的《大地之歌》，在这部交响曲中，他用中国的唐诗为歌词，其中有李白的《悲歌行》《采莲曲》《春日醉起言志》，孟浩然的《宿业师山房待丁大不至》和王维的《送别》，我相信他的选择不是随意的，这些唐诗中，有对自然的赞美，更多的却是人间真情的流露。唐诗引起马勒的共鸣，正如同《泰坦》（即马勒的《第一交响曲》）引起我的共鸣一样，在天地之间，说着不同语言的，生活在不同时代和地域的人们，他们的心灵和感情是可以相通的。

听马勒的作品时，有时感觉是坐船在波涛中漂游，一缕阳光从乌云中射下来，照在身上，使我忘记了身处瀚海的危险，这样的漂游，会使人的意识模糊，这种模糊非常奇妙。一次，我竟然在音乐中不知不觉地睡着了，马勒的旋律和我的梦境合而为一。音乐结束，我也从梦中醒来。这时，便想起了那位在演奏马勒作品的音乐会上酣然入梦的老音乐家。我想，以前我认为他无法理解马勒，或者没有福分欣赏马勒，大概是错的。

The Junction of the Thames and the Medway by Mallord William Turner
《泰晤士河和美德维河汇合》（局部） 透纳

听马勒的作品时，有时感觉是坐船在波涛中漂游，
一缕阳光从乌云中射下来，照在身上……

大　海

　　我第一次听德彪西的曲子，是交响诗《牧神午后》。这是一部很特别的曲子，在音乐中，我能感受到曚昽的阳光在树林里流动，飘忽的旋律中活动着神话中的人物和动物，他们如梦幻一般出没现隐，仿佛被一层透明的轻纱笼罩着，使人捉摸不定。我曾经在一次很疲倦的状态下听这首曲子，音乐犹如夏日午后的微风，带着被阳光灼热的气息，带着一些我从未闻到过的异域的奇香，缓缓吹过，在我周围蜿蜒弥漫，那感觉是在被人催眠，软软的睡意不可抗拒地随之袭来，把我送入梦乡。梦中并没有出现马拉美在诗中描绘的牧神，只是一团彩色的云雾，朦朦胧胧地在我四周飘动。读大学时，我曾经写过一首诗，抒写听德彪西《牧神午后》的感想，题目就叫《哦，德彪西》，也写得飘忽朦胧。诗被刊登在中文系的黑板报上，曾经有同学说我这首诗像一团雾，我想这大概正是德彪西给我的最初印象。

　　德彪西是西方音乐史上开一代先河的大师，是他开创了印象派音乐的创作，为传统的古典音乐注入了新的活力。《牧神午后》根据法国印象派诗人马拉美的同名诗作创作，我读马拉美的这首诗时，却没有产生听德彪西《牧神午后》时那种迷幻绮丽的感觉。音乐和文学，毕竟是两回事，文字给读者的指示和联想是具体的，即便是那些隐晦艰涩的作品。音乐却不那么具体，相同的旋律，不同的听众可能产生完全不同的联想。欣赏音乐的过程，其实也是一种想象和创造的过程，在被音乐引起共鸣的同时，听众很自然地会把自己的经历和感情融入音乐中。后来，听德彪西的另一首交响诗《大海》时，我更深切地感觉到这一点。德彪西用音乐描绘的大海，是一片沉思的海，是一个思想者在海边散步时缤纷而又恍惚的遐想。在音乐中，我能想象出海水的深蓝，能想象出阳光在波动的海面上奇异的闪动，能想象出海鸥在风中翩然飞舞的影子，也能想象出湿润的海风如何拂动衣衫，晶莹的浪花如何飞上云天……然而德彪西的大海似乎又是变幻不定的，音乐中的那些活跃的形象稍纵即逝。在黑暗中，我闭上眼睛，让《大海》的旋律在耳边回旋，我看到了自己的一双脚，在沙滩上慢慢地移动。这沙滩是灰棕色的，这是我曾经"插队落户"的崇明岛的江滩；这沙滩是金黄色的，这是普陀山，是青岛，是大连，是北戴河，是北部湾，是加利福尼亚，是墨西哥湾，是波罗的海，是南太平洋……是我曾经见过的走过的所有海滩。音乐消失后，我的耳边依然萦绕着海的呼吸，风在遥远的海面上踱步，浪花散落在我身上，仿佛能感觉到它们的清凉。人生犹如在海上航行，在阔大苍茫的海天之间，生命不过是一片羽毛，一缕轻风，一簇细浪。能以微不足道的生存感受自然的壮美，这是生命的机缘，也是艺术的光荣。

德彪西的《大海》并没有描绘惊涛骇浪，但所有对海的向往和联想都包藏其中，宁静的海和动荡的海，清澈的

Degas

海和浑浊的海，交织在他的音乐中。只有那些对大海有着真正的向往，有着铭心刻骨的思恋的人，才可能写出这样的音乐。德彪西说过："大海是我的一位朋友。"他年幼时，他父亲曾经想让他当海员，他却成了一个音乐家。也许，当不成海员的遗憾，在他的音乐中得到了弥补。虽然不能以航海为生，但他把自己的情感和才华投入到了另一片大海中，这片大海，就是音乐。在这个世界上，有谁描绘的音乐能替代德彪西的《大海》呢？

◂ p090　*Beach Scene* by Edgar Degas
《海滩》　德加

这沙滩是金黄色的，这是普陀山，是青岛，是大连，
是北戴河，是北部湾，是加利福尼亚，是墨西哥湾，
是波罗的海，是南太平洋……是我曾经见过的走过的所有海滩。

回　忆

　　我曾经写过一篇题为《音乐》的散文，其中有这么一个细节：很多年前，我孤身一人住在偏僻乡野的一间草屋里，夜籁人静时，远处农家一扇破旧的木门开动，门闩和门臼摩擦，发出悠扬的吱呀声，这声音竟使我联想起美妙的小提琴独奏。这个细节，并非虚构。当时，我的生活中没有音乐，记忆却像一台留声机，完整地保存着我喜欢的乐曲。只要有机会，这台无形的留声机就会自动打开。大自然中的很多声音，都会引出我记忆中的音乐。在呼啸的夜风中，忽隐忽现的门声确实像小提琴，它使我想起了一首名为《回忆》的小提琴曲。门的声音，只是奏出了这曲子开头的几个音符，余下的旋律，就需要我靠回忆来继续了。在寂静的黑夜中，听着窗外风吹树叶的沙沙声，凝视着跳动的烛火，回味一段深藏在记忆中的音乐，是一种秘密的享受，没有人能分享我的这种快乐。在我当年的日记中，有过这样的描绘："音乐像微风不期而至，轻轻掸落我心头的灰尘……"

　　小提琴曲《回忆》（*Souvenir*），是匈牙利作曲家德尔拉·法兰兹的作品。在中国，知道法兰兹的人也许不太多，然而听过《回忆》的人一定不计其数。很多人能哼出《回忆》的旋律，却未必能说出法兰兹的名字。这首曲子，旋

View of the Seacoast near Wargemont in Normandy by Pierre-Auguste Renoir
《沃格蒙特附近的诺曼底海岸风光》 雷诺阿

在寂静的黑夜中，听着窗外风吹树叶的沙沙声，
凝视着跳动的烛火，回味一段深藏在记忆中的音乐，
是一种秘密的享受，没有人能分享我的这种快乐。

律单纯而奇特，就像有人轻轻地把一扇小窗打开，思念中的故人悄悄地走近，深情地述说着优美伤感的往事，使你心颤，使你神思飞扬，那些难以忘怀的往日场景，一幕一幕展现在眼前，缤纷飘忽，拂之不去。回忆是人的财富，欢乐和痛苦，欣悦和忧伤，融合在一起，酿成醇厚的酒浆，让人沉醉，也让人省悟。夹杂着动人音乐的回忆，应该是醉人的美酒，即便是在苦难中啜饮，也能抚慰灵魂。

创作《回忆》的法兰兹也是一个出色的小提琴家。我曾经在一台手摇唱机里听过一张德国的唱片，是法兰兹自己演奏《回忆》的录音。由他自己演奏这首曲子，应当最准确地传达出了其中的精髓。听这张唱片时，我和两个朋友躲在一间没有窗户的黑屋子里，我们把音量开得极小，唱针和唱片摩擦出的吱吱声和喇叭里放出的音乐，声音几乎一样大，然而我们还是被法兰兹精美绝伦的演奏迷住了。小提琴的声音仿佛从遥远的地方飘过来，如歌如吟，如泣如诉，那是曲折委婉的心曲，不绝如缕，丝丝入扣地注入我的灵魂，成为我感情的一部分，成为我记忆仓库中最美妙的藏品之一。我想，把这样美好的曲子和乡间木门的吱呀声混为一谈，也许有点荒唐，不过，这正说明了这曲子博大宽泛的生命力，说明它在我记忆中的印象是何等深刻。

就在我写这篇短文的时候，《回忆》的旋律一遍又一遍地在我耳畔回旋，使我心驰神往。

茂丘西奥的悲哀

　　我听过一些普罗科菲耶夫的作品，没有太特别的印象。使我对这位俄罗斯作曲家留下深刻的记忆，是在圣彼得堡的莫索尔斯基剧院看芭蕾舞《罗密欧和朱丽叶》。据说这是当年沙皇看戏听音乐的剧场，场子不大，乐队在乐池里显得拥挤。指挥很局促地站在乐队前面，然而乐声一起，拥挤和局促感便烟消云散，音乐从乐池里飘出来，涌出来，溅出来，像奇妙的烟雾，像汹涌的激流，像晶莹的水珠，也像神奇莫测的光，在剧场里飘舞漾动，穿越回荡。莎士比亚的爱情悲剧故事人人都知道，普罗科菲耶夫的音乐却不是所有人都熟悉的。那天，台上的舞蹈当然是无瑕可剔的，杰出的俄罗斯舞蹈演员把这个曲折离奇的爱情故事演绎得动心夺魄。

　　用"动心夺魄"这样的词汇来形容这部芭蕾舞的演出效果，大概不算过分。不过，达到"动心夺魄"的效果，一大半的功劳要归于普罗科菲耶夫的音乐。音乐表现的爱情主题，优美，飘忽，然而其中隐藏着危机和悲哀，音乐时而流畅，时而颤涩，如泣如诉，也如无奈的叹息。如此理解，也许是因为对故事太熟悉，才会被悲剧的影子引导着进入规定的想象。不过，假如没有莎士比亚的故事，光听这样的音乐，我相信听者的理解也不会有太大的偏差。

最动人的音乐，出现在罗密欧的好友茂丘西奥临死前的那一段，生性乐观的茂丘西奥在决斗中受伤，死神临近，他却拒绝悲哀，仍然想以诙谐和欢乐感染周围的人。以前读莎士比亚的剧本，对这一段有一点印象，记得茂丘西奥开玩笑似的谈论自己致命的伤口："它没有一口井那么深，也没有一扇门那么阔。（朱生豪译）"在舞台上，听一个临死的好人说这样的俏皮话，大概是能催人泪下的。普罗科菲耶夫如何表现这样的情境？当茂丘西奥面对着死神作最后挣扎时，音乐变得极其单纯，一把小提琴在寂静中鸣响，优美的旋律，被休止符切割成飘忽的残片，抽泣呜咽，颤不成声。这样的旋律，使我想起白居易《琵琶行》中的诗句"冰泉冷涩弦凝绝，凝绝不通声暂歇。别有幽愁暗恨生，此时无声胜有声。"音乐不可能无声，忌讳的是应该低声倾诉心曲时却出现电闪雷鸣和倾盆大雨。普罗科菲耶夫的音乐，把茂丘西奥临死前的痛楚，罗密欧无法言状的悲伤，表现得真切而揪心。那一段段残片似的音乐，如果连续流畅，也许是欢乐的舞曲，然而它们被巧妙地撕裂了，它们使我感觉到了被欢乐笼罩的悲哀。欢乐像一张千疮百孔的破网，根本罩不住网中之鱼，悲伤的鱼儿钻出网眼，以奇异的姿态在空中游动……在音乐中舞蹈的演员的表情，在我的记忆中已经模糊，而这段音乐，我却难以忘怀。

这是对纯真友谊的赞美和哀悼，它的感人力量竟然超过了爱情。

听布里顿

　　有一段时间我常常听布里顿的音乐，听他的几首弦乐四重奏，颇有感触。布里顿是英国作曲家，是 20 世纪最重要的作曲家之一。多年前，我听过他的《战争安魂曲》，非常感动，他把战争带给人类的痛苦和哀伤表现得如此深切，听他的音乐，听者会血流加速，坐立不安，在战火中死去的冤魂在飘忽而沉重的旋律中翩然而至，你会感到他们含泪的目光正凝视着你，逼着你思索，逼着你追忆战争的惨烈和血腥（如果你的脑海中有这样的记忆）。战争过去，也许会有人淡忘（只能是淡忘，遗忘决不可能，除非智力迟钝），也许有后来者会蒙昧无知，对过去的历史一问三不知。但这样的音乐不会消失，它们会在人世间长久地回荡，给人惊醒和提示。斯特拉文斯基讽刺这样的作品是"昙花一现"的音乐，使我怀疑这位作曲大师的批评动机。如果他是批评布里顿创新的形式，那么，他如何解释自己创作的喧闹的《春之祭》呢？这部《春之祭》曾被很多人诅咒，被很多人认为是胡闹，没有价值，没有生命力。历史却给了它很高的地位，直到今天，还有乐队在演奏它。和斯特拉文斯基的《春之祭》相比，布里顿的《战争安魂曲》文雅得多，前者是感官的释放和爆炸，后者是灵魂的呻吟和呐喊。我听到的弦乐四重奏，是布里顿早期的作品（*String*

Quartet No.2, Op.36；String Quartet No.3, Op.94）。和《战争安魂曲》相比，这两部作品显得优雅文静。不过，我还是能从中感受到不安，感受到焦虑和茫然。我没有布里顿的年表，不知道这两部四重奏写于什么年代，也许是在 20 世纪 30 年代初，也许是二战开始之后。在那个年代，布里顿的焦虑是有来由的。布里顿生活在动荡不定的 20 世纪（1913—1976），经历了战乱，看到过很多人间的辛酸和惨剧。二战时，他住在美国，德国飞机在他的故乡扔炸弹，那种感受，决不会是置身事外的隔岸观火，英国大地上的爆炸和火光，每一次都会揪他的心肺，震他的灵魂，会使他茶食无心，夜难成寐。在他的弦乐四重奏中，处处让人感到潜藏着危机，感到有莫名的惊恐和忧伤在悄悄蔓延。任何艺术，都会留下时代的烙印，再超脱的艺术家，也难以逃脱。布里顿的四重奏，并没有注明主题，但我还是联想了他所经历的战乱和生离死别。布里顿的作品，中国人不太熟悉，其实很值得一听。🏵

Guernica by Pablo Picasso
《格尔尼卡》 毕加索

他把战争带给人类的痛苦和哀伤表现得如此深切，
听他的音乐，听者会血流加速，坐立不安……

夜半琴声 | 听布里顿 |

不散的烟

古雷斯基，波兰音乐家，生于 1933 年。在中国，大概没有多少人知道古雷斯基这个名字，也没有多少人听过他的作品。这不奇怪，因为中国人很少有机会听他的作品。不过，只要听一听他的《第三交响曲》，你就会记住他，而且很难忘记他。

这部交响曲由一群大提琴拉开序幕。大提琴们拉出低沉的旋律，由远及近，深沉雄浑，像一条缓缓流动的河，虽然流速极慢，却惊天动地，它的每一声鸣响，都重重地扣动着人心，使你感到震惊，世界上没有一条河是这样流的！这是一条用血和泪水汇成的呜咽的河，一条集聚着人类所有的悲伤和哀愁的河，一条痛苦的河……在这样的河流边上，你无法不停住自己的脚步，倾听着那震撼灵魂的涛声，你情不自禁地会发问："为什么，为什么如此悲伤？为什么如此痛苦？它从哪里流过来？又要流向何方？"我闭上眼睛，幻想着那条悲伤的河，我的眼前却出现了一团黑灰色的浓烟，它们在阴云密布的天空中翻滚着，挣扎着，展现出惨绝人寰的景象……

是的，我的想象中浓烟滚滚。在悲伤的旋律中，我看到一个瘦弱的孩子，他站在屋顶上，仰起长着满头金发的脑袋，默默遥望着远方。远方的地平线上，一缕黑灰色的浓烟袅袅升起，犹如一朵奇异的花，在阴沉的天空中开放、变幻。孩子凝视着天空中的浓烟，眼里噙着晶莹的泪水。那个飘烟的地方，是奥斯维辛，是德国法西斯的集中营。每天，大量的犹太人在那里被残酷地杀害，他们赤身裸体，一群一群地被押进毒气室。那烟，是从焚尸炉的烟囱里飘出来的，这是犹太人的怨魂，在天空中飘绕不散……半个世纪后，那个孩子把这些景象化成了音乐。那个孩子，就是古雷斯基。

　　古雷斯基的家乡卡托维茨，离奥斯维辛仅一步之遥。德国法西斯当年的暴行，在他幼小的心灵中刻下永难磨灭的印记。成为作曲家之后，他终于有机会用音乐把当年的感受向世界倾诉。他的《第三交响曲》是对死难者的哀悼，是对法西斯的控诉，也是对那段可怕的历史的沉思。他的哀悼和控诉不是飘忽迷离的。这部交响曲有一个副题：《哀歌》。它的第二乐章和第三乐章，都是歌唱，歌词是当年集中营里的囚犯写在狱墙上的诗篇。这是一个母亲写给儿子的诗。儿子失踪了，毫无疑问，他已经丧命于法西斯的屠刀之下。悲痛欲绝的母亲，用颤抖的手在斑驳的狱墙上刻写着："即使我把昏花的老眼哭瞎，即使我苦涩的泪水流成另一条奥德河，他们也不会把生命还给我的儿子……他躺在墓穴里，而我不知他在何方……"这是人间最哀伤的心声。她一遍又一遍责问，"你们这些残忍的坏人，你们为什么杀害我的儿子？"悲愤的呼号撕扯着人心。她祈求"天国中最圣洁的圣母"保佑自己的儿子，祈求"上帝的鲜花处处绽放"，把幸福赐给天底下所有不幸的人。这是一个受难者在地狱里憧憬天堂，在黑暗中向往光明。她慢慢地唱着，透明清澈的歌声在浑厚浊重的音乐中飞翔，就像一只小鸟，在浓烟翻滚的天空中寻寻觅觅。

古雷斯基是一位很新潮的现代作曲家，他的很多作品都写得极为"现代"。然而，《第三交响曲》却用了极古典的手法，其中的很多旋律仿佛是上个世纪的声音。这样的声音却同样激荡现代人的灵魂，使人回到那个可怕的年代，思考人类的历史和命运。这部交响曲在西方首演时，曾引起轰动。我想，使人激动，也使人思考的音乐，是情感和智慧的汇合，这样的音乐，必定会有强大的生命力。有一次，作曲家陈钢来我家，我正好在听古雷斯基的《第三交响曲》。陈钢和我一起静静地听着，不说一句话。几天后，他打电话告诉我，他也买到了一张《第三交响曲》的激光唱片，回到家里又仔细听了。"非常好，真没想到，一个现代作曲家会写出这样的音乐。"陈钢在电话里这样对我说。

关于音乐的遐想和抒情

题舒伯特《摇篮曲》

从黑暗中伸出一双温暖的手，一双瘦弱却满怀深情的手，一双颤抖却执着有力的手……

这双手抚摸婴儿的襁褓，推动了一只又一只摇篮……

孩子们微笑了。他们的眼睛、眉毛和小嘴都变成了一弯弯新月，闪烁在梦的夜空里。多么美妙的梦啊……他们牙牙学语的童音是无法描述这梦境的。等他们醒来后，等长大时，这梦会化作缤纷的人生！

母亲们微笑了。她们垂首凝视着，浓黑的睫毛覆盖了眼睑，一颗亮晶晶的泪珠在滚动……宁静、安祥、慈爱、幸福——是孩子们给她们的，是那双从黑暗中伸出的手给他们的。

他也微笑了。他一只手轻推着摇篮，另一只手抚摸着胸口，心，沉醉在爱的海洋里……是的，这海洋不会枯竭，心也永远不会停止跳动和歌唱。

他的微笑是永恒的。

柴科夫斯基向我走来

似曾相识——

是在无数个人生的十字路口，是在无数个明朗的早晨，是在无数个灰暗的黄昏……

当欢乐像轻烟一样消散的时候，当忧郁像浓雾一样弥漫的时候，当太阳隐匿进云海的时候，当星星暗淡在夜空的时候……

柴科夫斯基向我走来。

他牵着一条五彩缤纷的曲折的路，他放着鸽子，他撒着星星，他赶着一群翩翩起舞的白天鹅……

他流着泪，那些悲怆的泪呵，竟像晶莹的珍珠，滚着，碰撞着，发出不可思议的动人的声音……

他时而用灰色涂抹晴空，时而用阳光驱散阴云，时而用风描绘冬的严厉，时而用雨叙述春的温柔……

柴科夫斯基向我走来。

他怎么使我想起了我的先人？我仿佛看见披头散发的屈原在仰天长啸，我仿佛看见把酒对月的李太白在放声高歌，还有"采菊东篱下，悠然见南山"的陶渊明，还有

Landscape with Snow by Vincent van Gogh
《冰雪覆盖的原野》(局部) 凡·高

▶ p107

冰雪覆盖的原野上，小草，勇敢而又倔强地长着，一分一分，一寸一寸……

"独坐幽篁里，弹琴复长啸"的王摩诘……也有含着眼泪望江兴叹的李后主，也有登高望远豪情难抑的苏东坡……

他旷达，他豪放；他婉约，他深沉；他天真，他欢乐；他伤感，他忧悒……无论是在年轻的时候，还是在衰老的时候，无论是在欢愉的时候，还是在痛苦的时候，他总是能轻轻地、轻轻地拨动我的心弦……

柴科夫斯基向我走来。

听《命运交响曲》

两个声音，交织、碰撞、搏斗在空旷的宇宙里。一个是充塞天宇的狂啸呐喊，是飞沙走石，是惊涛霹雳；一个是微弱纤细的低吟浅唱，是涓涓滴滴的幽泉，是飘飘悠悠的洞箫……

纤弱的，未必就淹没在强大之中。听，渺小的生命，面对命运之神的铺天盖地的呼啸，勇敢地亮着她美妙的歌喉……

广袤无涯的荒漠中，驼铃，执着而又清晰地响着，由远及近，由远及近……看见了吗，天边出现了一线绿洲，清泉在那里流淌，花儿在那里开放……看见了吗，这不是海市蜃楼。冰雪覆盖的原野上，小草，勇敢而又倔强地长着，一分一分，一寸一寸……听见了吗，那微弱奇妙的拔节声，冰雪掩盖不了它们，狂风淹没不了它们！等着，它们会化成惊雷，轰然炸出一个翠绿的春天！

大雁起飞了。渺小的生命排列出威严的阵容，描绘着天空，传递着一个古老而又新鲜的信念。多么遥远的向往，多么勇敢的追求！看不见它们的影子了，却依然听得见它们的歌声……

海的呼吸，山的回声，江河的呐喊，森林的低吟……循着共同的旋律，倾吐着共同的心声。你听懂了吗？你听懂了吗？

来，和我一起，在这旋律中变成一棵小草，变成一朵浪花，变成一只大雁，变成一块岩石，变成其中一个小小的音符……当一切悄然隐逝时，我们微笑地屹立着。

莫扎特

在黑暗中弹着光明的乐曲。

在穷困中唱着欢乐的歌。

饥饿无法压抑他创造的欲望。

寒冷驱散不了他优美的热情。

是的，在他的歌声中，世界是完美的。痛苦会过去，美将留下来。高尚纯洁的灵魂永远在大地上空自由翱翔，光明终将把黑暗放逐……

当全人类都陶醉在他的歌声中时，人们却找不到属于他的一块小小的墓地！

哦，不要寻找了，人们呵！如果你热爱他的歌声，他就在你的心里了。

贝多芬幻象

他，在他的乐章中缓缓地站起来，站起来，站在高高空间，俯视着那支庞大的乐队……

静！他耳畔只有一片死一般的寂静。

然而他却扬起指挥棒，轻轻地扬起，轻轻地抖落。哦，那根小小的指挥棒，依然挑出惊天动地的沉雷，牵来汹涌澎湃的波涛；风，在棒尖上呼啸；云，在棒尖上萦绕；夜莺和百灵鸟，在棒尖上歌唱……

哦，他甩动银发，他闭上眼睛，他沉思，他微笑，他锁起眉峰，一颗亮晶晶的泪珠，在脸颊上闪动……

是的，何须用耳朵听呢！只要音乐家的心还在跳，音乐就会从那里流出来，流向他所热爱的空间和土地，流进无数知音的心灵……

小提琴独奏

玫瑰色的土地上，横卧着四条银色的小溪。

哦，四条会唱歌的小溪……

时而柔波荡漾，水烟袅袅化几片透明的雾纱云絮；时而急流汹涌，雪浪滔滔牵一阵狂烈的电闪雷鸣……

小溪在叮咚作响地流，挟带着阿尔卑斯山谷神秘的风，挟带着塞纳河畔清新的绿荫；还有吉普赛人粗犷激越的舞步，斯拉夫人深沉奔放的歌吟；也有吴越昔时的小桥流水，至死不渝的恋人，在那里化作比翼的彩蝶，翩翩地飞……

玫瑰色的土地上，奔流着四条会唱歌的小溪……

指挥棒

见过乐团指挥手中那根小小的木棒吗？万千种音响都是由它牵引出来的——惊雷。风暴。江海的涛声。溪流的絮语。森林里百鸟的啁啾。雪在阳光下乳化。白云飘出山坳。流星划过夜空……

你无法比喻这指挥棒像什么。他可以是沉浮在惊涛骇浪中的桅杆，也可以是轻游于平湖秋月的桨橹；它可以是从天空中划过的闪电，也可以是春风里荡漾的柳丝；它可以是倔强的鹰翅，在九霄云中傲然振抖，也可以是柔软的鱼鳍，在海底世界优美地飘舞……

天光斑斓

　　用音乐描绘变幻莫测的天光，是一件很难也很奇妙的事情。光和声音，一个可见，一个可闻，然而两者皆无形，两者都不可触摸。将声音转化为光，也只有音乐才能做到。

　　我曾经在很多乐曲中听到光的闪烁流动。德彪西是一个善于在音乐中捕捉光的作曲家，我听过他的钢琴曲《月光》，也听过他的钢琴组曲《意象集》，其中的《水中倒影》和《月落古寺》，都是描绘光的美妙篇章，钢琴把朦胧斑驳的天光水影变成了声音，你不得不承认，那些飘忽的琴声，就是光的影子。李斯特的《超级练习曲》中有一段《鬼火》，用急促飘忽的节奏表现荒野中时隐时现、闪烁不定的磷火，形象至极。名气最大的，当然是贝多芬的《月光奏鸣曲》（《第十四钢琴奏鸣曲》），那优雅沉着的旋律，已经成为皎洁的月光的化身。贝多芬还有一部表现光的钢琴奏鸣曲，即他的《第二十一钢琴奏鸣曲》（《黎明》），作曲家用琴声渲染出的日出和晨光，令人神往。

　　能表现光的音乐，似乎非钢琴不可，清澈明亮的琴声，本身就能使人联想起晶莹闪烁的光芒。然而表现光，并非钢琴的专利，弦乐器也一样能胜任。海顿的弦乐四重奏中，有题为《日出》的作品。四把提琴，居然将轰轰烈烈的日出展现在听者的眼前。一把小提琴拉出优美明朗的主旋律，另外几把提琴衬以厚重暗淡的旋律，就像一轮旭日从大地边的浓云中渐渐升起。海顿的《第六交响曲》(《早晨》)，也是一部描绘晨光的作品。不过，听这样的交响曲，需要动用丰富的想象力，你的记忆中必须有许多关于日出和朝霞的美妙景象，这样，音乐才可能在你的眼前转化为斑斓的天光。中国的瞎子阿炳用一把二胡描绘过映照在水里的月光，那种优美凄凉的流畅，使人联想起漾动的流水，联想起被流水分割成无数碎片却依然浑然一体的银色光芒。和西方作曲家们用弦乐描绘光的作品相比，《二泉映月》具有它独特的魅力，没有哪一部作品能替代它。

我曾听过瑞士苏黎世室内乐团的一场音乐会，其中有瑞士现代作曲家彼得·魏特斯坦的《黎明时分》，也是一部表现光的作品，不过和我以前听到过的同类题材的作品完全不同。这部作品十分独特，既不叫交响乐，也不叫交响诗，也不是协奏曲，而是被冠以一个奇怪的名字："二十一只弦乐器。"二十一位演奏家，在台上各自为政，演奏着不同的旋律，它们的组合和衔接，突兀而出人意料，给人缤纷跳跃、神秘怪诞的印象。这是什么样的黎明？幽灵们游荡了一夜，突然遭遇从乌云中射出的霞光，于是慌不择路，在迷茫的晨雾里互相挤撞，上天无力，入地无能，最后一一消遁在耀眼的天光里……大自然千变万化，不同的时刻，不同的地点，不同的心情，黎明的光芒给人的印象会迥然相异。我问坐在我身边的儿子，听这样的音乐，你联想起什么。他回答我："像恐怖电影的音乐。"

在苏黎世室内乐团印行的演出说明书上，有彼得·魏

Impression, Sunrise by Claude Monet
《日出印象》（局部）　莫奈

　海顿的弦乐四重奏中，有题为《日出》的作品。
　四把提琴，居然将轰轰烈烈的日出展现在听者的眼前。

特斯坦的独白:"黎明时分,是外界发生变幻的时刻,也会引发人们心灵深处的变化,加深我们的感悟。在这个为二十一只弦乐器谱写的作品中,关于黑夜与白昼、变幻、彩虹、黑白对比、转换等一系列思考,激发我的创作灵感,使我不是去编写音乐,而是充分发挥各种特殊的音乐元素的作用。通过把传统的、有五个声部的总谱分解成一至二十一个声部,就把一支乐队变成了由室内乐演奏家和独奏家组成的乐队。而这也要求他们必须掌握好平衡和精确度。"读这段专业意味很重的解释,当然会对作曲家肃然起敬,也可以由此想象出作曲家创作时的突发奇想和演奏者们演奏时的艰难。

日月天光,亘古如是,不同时代的音乐家却以不同的旋律将它们描绘得斑斓多姿,在这些晶莹闪光的音乐中,我常常感叹艺术的奇妙和生活的多彩。

大师的背影

指挥大师的称号，不是自封的，而是经过无数场考试，经过无数双眼睛的审视，无数对耳朵的谛听，最后终于被人们认可。只要他们站到乐队前，轻轻挥动起指挥棒，我们就能发现他们与众不同。他们的手势，他们的表情，他们的眼神，他们的身体姿态，他们所展示的一切，都是美妙的节奏，是出神入化的音符，是神奇自然的天籁，是来自天堂的启示。他们的动作，就是音乐；他们的形象，就是音乐的化身。作曲家的灵魂附在他们心中，又通过他们的指尖，传达给乐队的每一个乐手，传达给每一件乐器，传达给每一个听者，传达给音乐厅里的每一寸空气。大师陶醉在音乐中的时候，我们只能看到他们的背影。他们面向乐队，背对着听众。当音乐消失，乐队停止演奏时，他们才转过身来，让听众看到他们的脸，看到他们脸上由激动而复归平静的微笑，看到他们额头和脸面上晶莹的汗水。这时，从音乐的梦幻中苏醒过来的人们方才领悟到，为了引导出刚才舞蹈在空气中的音乐，大师付出了怎样的心血和体力。我的记忆中，有几位大师的背影？

卡拉扬，我最初是在唱片和录音带的封面上看到他的照片，以一头银发对着镜头，注视的目标似乎是在地下，有时候双目微合，仿佛已经入睡，沉醉在他曲折而庄严的梦境里。在 20 世纪 80 年代，卡拉扬大概是中国人最熟悉的指挥大师。80 年代初，我在上海音乐书店买过一套他指挥的贝多芬交响曲录音磁带，在一台单声道的录音机中将它们听了很多遍。现在想起来，那样的声音，根本无法传达交响乐磅礴的气势和神韵，只能听一个大概而已。不过，那时听这些录音磁带，我还是会神思飞扬，浮想联翩。除了遐想贝多芬的思想和情绪，也遐想卡拉扬的姿态和表情。在我的想象中，卡拉扬是一个不苟言笑的人，他是一位思想者，他指挥乐队的时候，经常闭上眼睛，沉浸在对音乐的遐想中，他的手势和动作只是他沉思默想的一部分。我永远也无法知道他在指挥时脑子里有些什么念头。他的头发，在沉思中渐渐变白，成为一头积雪，覆盖在他的额前……卡拉扬终于来中国了。他在北京指挥庞大的柏林交响乐团演奏贝多芬的交响乐，我终于看到了他指挥时真实的表情。除了闭上眼睛沉思默想，他也有睁大眼睛的时候，他指挥《田园交响曲》时，雷电在田野上空炸响之际，他将手中的指挥棒从空中猛力劈下，仿佛挑出了辉映天地的耀眼闪电，这时，他目光炯炯，闪电和心中的火花汇集在一起，在他的瞳仁中迸射。当风暴平息，温和的阳光悄然从云隙中流出时，世界又归于宁静，鸟雀在林荫里唱歌，鱼儿在清流中遨游，这时，他沉浸在遐想中，陶醉在天籁里，他头颅低垂，眼脸微合，如一尊思想者的雕塑。只有他手中的那根指挥棒，仍在轻盈地舞动，为乐队，也为听众指点着暴风雨过后天地间的万种风情。

　　小泽征尔，矮小的身材，飘逸的黑发，站在一百多人的波士顿交响乐团前，像一个孩子面对着海洋。然而他一举起指挥棒，马上就变成了一个果敢的巨人，音乐一出现，他就成了海的魂魄、海的主人。他面前的那片海洋在他的引导下，汹涌澎湃，波涛起伏，翻腾出千奇百怪的花样，他的目光咄咄逼人，手势和目光不断指向不同的乐器，仿佛要把乐手从乐池中逐一抓起，放到浪尖上接受暴风雨的考验。一个亚洲人，指挥一个庞大的西方著名交响乐团，令人折服地演绎着欧美作曲家的作品，在世界音乐史上也是罕见的现象。小泽征尔以他的一头黑发在乐队前飘动时，音乐就在他的黑头发上飘旋，西方的金色旋律，和东方的黑色头发，奇妙地融合成一体，黑头发引导着金色的旋律。音乐使人与人之间消失了国界、民族和语言的界限。

小泽征尔最使我感动的形象，是他指挥瞎子阿炳的《二泉映月》时的表情。中国的二胡独奏，一个在黑暗中流浪的凄苦的音乐家内心的感叹，一脉晶莹清澈的流泉，变成了西洋管弦乐队的合奏，变成了灯火辉煌中的大合唱，变成了汹涌激荡的波浪。小泽征尔一定了解阿炳，一定能想象得出瞎子阿炳如何孤独地面对着泉水拉琴，音乐家的心灵，无须解释，无须说明，只要音乐飘起，一切都已沟通，就像泉水沿着石滩漫延，瞬间就灌满了所有无形的和有形的孔穴裂缝。我看到小泽征尔的眼里闪烁着晶莹的泪花，凄美的《二泉映月》和他的泪花，是一种感人至深的结合。

卡洛斯·克雷伯大概是指挥大师中最富有魅力的人之一。人们永远无法忘记，那一年他在维也纳金色大厅的新年音乐会上指挥施特劳斯舞曲的身姿，那根小小的指挥棒在他的手中跳起了神奇的舞蹈，他全身的关节都随着舞曲的节奏舞蹈，然而却不夸张，不张扬，不轻佻。在他的感染下，乐队、听众，几乎都产生了随音乐翩然起舞的欲望。金色大厅每年都有演奏施特劳斯舞曲的新年音乐会，然而没有哪一年像克雷伯的指挥那样，将音乐厅里的气氛调节得如此优雅而热烈。克雷伯大概属于现代社会中不多的精神贵族，据说他不太看重钱，对世界各地的演出邀请答应得很少，不合意的乐队和作品，他决不会迁就。当然，他没有到过中国。克雷伯大概总是力图站在峰巅上诠释他想指挥的作品，而他常常做到了。我有他的好几张唱片，其中有一张是他指挥维也纳交响乐团演奏勃拉姆斯的《第四交响曲》，我认为这是演奏勃拉姆斯这部作品的最出色的录音，在勃拉姆斯略带伤感的旋律中，我想象得出克雷伯忧郁严峻的神情。

梅塔是印度人，我见到他时，他是以色列国家交响乐团的首席指挥。在上海那个陈旧的市府礼堂，他指挥以色列交响乐团，为小提琴家帕尔曼协奏。在中国人的眼里，梅塔的形象似乎不属于东方，他是白种人，他的外形和欧美的指挥家没有多少区别。据说，因为指挥演奏瓦格纳的作品，他在以色列遭到很多犹太人的谴责。对梅塔来说，这大概是一件很冤枉的事情，让一个指挥家拒绝瓦格纳，这不可思议。因为当年希特勒喜欢瓦格纳，瓦格纳就和纳粹连在了一起，这对瓦格纳也不公平。瓦格纳会同意希特勒屠杀犹太人吗？不过，梅塔还是留在了以色列国家交响乐团。瓦格纳的雄浑辽阔，和梅塔刚性的风格倒是有几分吻合。只是他在以色列大概很难有机会指挥瓦格纳了。

那天，我是听帕尔曼演奏门德尔松的《e小调小提琴协奏曲》，身材粗壮的梅塔和坐在轮椅上的帕尔曼的合作，大概可称之为天作之合。梅塔的指挥风格属于外向型，动作刚劲有力，和他粗犷的外表非常协调。然而，门德尔松的这部协奏曲却绝非粗犷和刚劲所能传达，那是春天的声音，其中有春日最细微的气息，有树林里的微风，阳光下的雨滴，草叶尖上的露珠，有晶莹的细流蜿蜒在花丛之中……梅塔收敛了他的刚劲，轻轻挑起他的指挥棒，小心翼翼地引导着乐队，恰到好处地调节着小提琴背后的声浪。此时，他的神情和动作，是雄狮走钢丝，是猛虎舔幼崽。梅塔和帕尔曼两人在音乐中交流眼神的情景，使我心弦颤动。而这种交流，融化在神奇的音乐里，把春天的万种风情铺展在我的面前。

说到梅塔，我很自然地想起德国的指挥家富特文格勒。有人把他称为幽灵，有人索性认为他就是贝多芬的代言人，是贝多芬的灵魂再世。因为从来没有一个指挥家能像他那

► p121

Spring Landscape by Claude Monet
《春日田野》 莫奈

那是春天的声音，其中有春日最细微的气息，
有树林里的微风，阳光下的雨滴，
草叶尖上的露珠，有晶莹的细流蜿蜒在花丛之中……

样深刻地理解贝多芬，能像他那样将贝多芬的交响曲诠释得如此精妙而震撼人心。在他面前，后世的几乎所有指挥大师都自叹弗如。在20世纪前半叶，他曾经独领风骚。与富特文格勒合作过的乐手这样回忆：他只要往那儿一站，音乐的神性便会涌来，人们几乎本能地要往他的棒下"跑"。阿巴多说："富特文格勒走上台的那一瞬，时空像是凝固了，观众和乐队如遭闪电袭击，撼动。"然而在希特勒时代，这位指挥大师被魔鬼缠身，他曾是纳粹的一分子，成为希特勒最赏识的音乐家。战后，富特文格勒被送上审判台，他难以为自己的行为开脱。有人把他比作歌德笔下的浮士德，为了追求世俗的欲望，不惜把灵魂出卖给魔鬼。我看过以富特文格勒为原型拍摄的电影《梅非斯特》，它把纳粹时代一个音乐家灵魂的扭曲展现得惊心动魄。由才华而来的荣耀，以及为保持这份荣耀的曲意逢迎，使一个音乐家失去了纯洁和纯粹。我无法听到富特文格勒指挥的贝多芬交响曲，更无法看到他站在乐队前舞动指挥棒的姿态，也无法想象贝多芬的灵魂曾经怎样附在他的指挥棒上。说他空前绝后，我不相信。因为贝多芬之魂不会消失，只要人类的情感继续被他留下的音乐震撼，就一定会出现新的大师更出色更传神地诠释贝多芬。而富特文格勒留在我心中的，只能是一个面目不清的背影。

在中国，除了音乐界的人们，有谁知道瓦莱里·捷尔吉耶夫？但他无愧于大师的称号。他以自己的勇气和魄力，也以自己的才华和魅力，使一个衰落的乐团重振雄风。我曾两次听他指挥的音乐会，一场是他指挥马林斯基交响乐团的音乐会演奏柴科夫斯基的《b小调第六交响曲》和马勒的《d小调第三交响曲》，另一场是歌剧《叶甫盖尼·奥涅金》。这是一个激情洋溢的指挥，高高的个子，瘦削的脸，一双眼睛深陷在眼眶中，目光炯炯逼人，脸上虽然留着短短的络腮胡子，却依然显得年轻英俊。他站在乐队前，只要一开始动作，浑身上下便洋溢着生命的活力，散发出阳刚之气。他的鬈发和胡子，他深邃的目光，他的动作，都使我联想起诗人普希金。在圣彼得堡的普希金故居，我见过一幅普希金的油画像，画像上诗人的形态和神情，都非常像这位俄罗斯指挥。捷尔吉耶夫站在乐池里指挥歌剧《叶甫盖尼·奥涅金》时，我听着音乐和歌声，眼前仿佛出现了幻觉，我看到普希金正背对着我，有声有色地朗诵着自己的诗篇，天地间回响着他深情的吟哦。大师们使人间的梦幻成真，使遥远的历史失去了空间和距离。

合　璧

——记一场音乐会

前天晚上，在上海大剧院，我听了一场令人难忘的音乐会。

小泽征尔和罗斯特洛波维奇，一个是日裔指挥家，一个是俄裔大提琴家，两人都是名满天下的艺术大家，同时他们又是一对挚友。这次，两位大师结伴来到上海，给上海人带来一个无比美妙的音乐之夜。小泽征尔是中国人熟悉的指挥家，他激情四射的风格，曾经感染了很多中国的爱乐者，也影响了不少中国的音乐家。罗斯特洛波维奇，对中国人来说，却是一个陌生的名字，尽管他早已名扬四海。年轻时代，罗斯特洛波维奇就是苏联的国宝，肖斯塔科维奇是他的忘年之交，就像莫扎特当年专门为圆号演奏家 Leuteb 写圆号协奏曲一样，肖斯塔科维奇也曾专门为罗斯特洛波维奇创作大提琴曲，让他演奏。演出目录上是这样介绍罗斯特洛波维奇的：

> 俄罗斯著名大提琴家、钢琴家、指挥家。1927 年生于苏联巴库的一个音乐世家，16 岁进入莫斯科音乐学院学习大提琴，后任该校教授。作为世界著名大提琴演奏家，罗斯特洛波维奇演奏

过几乎所有的大提琴名曲，并为之灌制了唱片。很多著名作曲家专门为其作曲并由其首演，如肖斯塔科维奇、普罗科菲耶夫、伯恩斯坦、布里顿等。罗斯特洛波维奇以其精湛的技艺、绝伦的音色，赢得了世界广泛的尊重和承认，被誉为本世纪最重要的大提琴演奏家之一。罗斯特洛波维奇作为指挥家曾连续17年担任华盛顿国家交响乐团的音乐总监，同伦敦交响乐团、维也纳爱乐乐团、巴黎管弦乐团等知名乐团有特殊关系。可以说，罗斯特洛波维奇指挥过各大陆最著名的交响乐团。在至今的音乐生涯中，罗斯特洛波维奇对20世纪的音乐以及现代音乐倾注了极大的关注，由其指挥首演的乐队作品包括歌剧在内达60部，诸多著名作曲家为其创作的现代曲多达170首。罗斯特洛波维奇被授予130多个奖章和勋章，如大英勋章、法国最高荣誉勋章、法兰西学士会员、美国总统自由勋章、肯尼迪中心奖等，在1974年离开苏联移居国外前，曾获苏联国家最高奖列宁奖，享有"苏联人民艺术家"的称号。

我这样详细地摘引关于罗斯特洛波维奇的介绍文字，是因为觉得它们无法删减，每一句话，都是他非凡的经历，都代表着他辉煌的成就。读这样的介绍，几乎让人不相信自己的眼睛。作为肖斯塔科维奇和普罗科菲耶夫专门为他作过曲的演奏家，理应是一个时代的大师，可他拿着大提琴从后台走出来时，显得那么平和朴素，就像马路处可见的外国老头，个子矮小，秃顶上飘着稀疏的银发，脸上是温雅谦厚的微笑。面对台下轰然而起的掌声，他很随意地挥了挥手，然后在小泽征尔身边的那把椅子上坐了下来。两位大师在台上相遇，握一握手，凝眸一笑，眼神中流露出来的是相互间的倾慕、了解和友善。在他的身后，是上海音乐学院学生交响乐团，小泽征尔这几日天天在辅导这支年轻的乐队，这些年轻人还是第一次出现在上海大剧院的舞台上。

在罗斯特洛波维奇出场之前，小泽征尔先指挥乐队演奏了贝多芬的《爱格蒙特序曲》。在大师的调教下，这支稚嫩的学生交响乐队今天的表现就像是一个世界名乐队，激情洋溢，张驰有度，无瑕可剔。小泽征尔站在指挥台上，用信任爱护的目光注视着他的乐队，年轻的演奏者们抬头望着面前的大师，以会心的微笑迎接大师用手势和目光传达给他们的指令。每一种乐器都恰到好处地在自己的位置上发出声响，浑然一体地汇合成一条音乐之河。这支年轻的乐队仿佛是要用贝多芬的这支序曲告诉人们我们有资格接受指挥大师的指挥，有能力为大提琴大师协奏。

大提琴的鸣响像是从遥远的天外传来。罗斯特洛波维奇先演奏了海顿的《C大调大提琴协奏曲》。那是古典的咏叹，是平静的湖面上和风拂动，白鸥翔舞，是幽深的森林里天光荡漾，鸟语呢喃，这是生活在喧嚣中的人所梦寐以求的情境。海顿曾被人看作宫廷作曲家，他的精神绝决不为陈腐的宫廷羁留，辽阔的世界是他的心灵飞翔的天地。

莫扎特和贝扎芬推崇他，当然是有理由的，否则，他的作品就不会至今仍在音乐厅里回响，就不会仍在撩拨着听者的心弦。沉着的大提琴再现了海顿两个世纪前的憧憬。罗斯特洛波维奇的演奏风格很朴素，没有夸张的动作和表情，坐在那里拉琴，就像一个聪慧和善的老人在沉思冥想，他的思想化成琴声，笼罩了每一个人。他使我想起了这样八个字："清湛似水，稳重如山。"

我期待的是下半场，罗斯特洛波维奇演奏了德伏夏克的《B大调大提琴协奏曲》。这是我喜欢的曲子，也是罗斯特洛波维奇最擅长演奏的名曲之一。和海顿的平稳优雅相比，德伏夏克显得激情四溢。那种波希米亚风格的雄浑，在海顿的音乐中是听不见的。德伏夏克的激情不是浮夸狂躁的热烈，而是一种跌宕起伏的曲折和深沉。如果海顿是一泓平静的湖水，德伏夏克就是一片波涛汹涌的海浪。风掠过，浪迭起，海面涛声轰鸣，空中飞漾着清凉的水花。小泽征尔和罗斯特洛波维奇两位大师唱和应答，掀起了美妙的风浪。摄人魂魄的是一段无伴奏的大提琴独奏。此时，乐队消隐，指挥垂手默立在台上，侧首凝视着大提琴手，所有的目光都落在那把暗红色的大提琴上。罗斯特洛波维奇入定般微合着双眼，左手的手指却如鸟翅翻飞，在琴弦上翔舞游走，琴弓短促而有力地在弦上跳跃滑动。大提琴孤独地吟唱着，那是从内心深处喷射出来的情思，是在幽暗梦幻中闪烁的眩目的光芒，是将欢乐和忧伤、流动和迷惘、焦灼的呼喊和平静的叹息奇妙地融合为一体的声音……我枯涩的文字实在无法描绘那琴声。我想，德伏夏

surf, isles of shoals by Frederick Childe Hassam
《浅滩小岛上的浪花》 哈山姆

风掠过，浪迭起，
海面涛声轰鸣，空中飞溅着清凉的水花。

克如果醒来，听到这琴声，也一定会惊讶的，他会觉得这曲子既熟悉又陌生，因为里面有他在作曲时没有体会到的复杂感情。不同的指挥家和演奏家，指挥演奏相同的曲子时，会以自己的情感和审美方式对曲子进行再创造，这也是很自然的事情。德伏夏克深沉的激情，在罗斯特洛波维奇的弓弦下，平添了几分游子的沧桑。

一曲终了。掌声像经久不息的暴风雨，淹没了大剧院。罗斯特洛波维奇一次又一次走出来谢幕，仍无法平息人们发自内心的喝彩。他是暴风雨的中心，听众、乐队，还有站在他身边的小泽征尔，都微笑着注视他，把掌声献给他。掌声中和小泽征尔握手，和乐队的年轻人握手，向台下的听众挥手。最后，罗斯特洛波维奇加演巴赫的一段大提琴曲，这是无伴奏的大提琴独奏，在舞台上，小泽征尔和乐队都成了罗斯特洛波维奇的听众。小泽征尔在他身旁的指挥台上盘腿而坐，仿佛坐在日本的榻榻米上，他的眼睛盯着罗斯特洛波维奇的手指，凝视着弓和弦的颤动和摩擦，当罗斯特洛波维奇拉到动情处，小泽征尔也陶醉地闭上了眼睛。而台上的年轻乐手们，手持着自己的乐器围坐四周，屏息静气地谛听着，捕捉着飘飞在空中的每一个音符，唯恐有一丝半点的遗漏。此刻，只有一把大提琴在天地间轻轻吟唱，发出美妙的声音。罗斯特洛波维奇像一位慈祥而又博学的老人，他微合着双眼，他的目光却通过琴弦和弓，望向遥远的地方。他在讲述一个古老的故事，那是一个带着几分忧伤的凄美的故事，他的讲述打动了所有听众。

多纳依的指挥棒

这几年，经常有国外有名的交响乐团访问中国。爱音乐的中国人因此可以大饱耳福。在音乐厅里听乐团演奏，和在家里听唱片，感觉是不一样的。坐在台下，看指挥轻轻地挥动那根小小的指挥棒，牵出气象万千的旋律，音乐如同汹涌而来的波浪，把你淹没，使你沉浸其中而抵达忘我之境。这是一种至高享受，也是一种神奇莫测的精神旅行。

多年前，我听过卡拉扬和小泽征尔指挥的音乐会，近两年，我听过梅塔和马泽尔指挥的音乐会，它们都使我终身难忘。我还曾听美国克利夫兰交响乐团的一场音乐会，指挥是被誉为"20世纪最杰出的指挥大师"的克里斯托弗·冯·多纳依。

站在乐队前的多纳依，看起来有点像卡拉扬，也是一头银发，也是典型的德国人的脸，表情严肃，仿佛永远不会停止沉重的思考。然而，他一举起指挥棒，我就发现他和卡拉扬不一样。他的指挥风格，不像卡拉扬的表情那么凝重。他演奏的第一部曲子是匈牙利作曲家巴托克的《弦乐嬉游曲》，那是一部把弦乐之美展现得淋漓尽致的作品。多纳依显得轻松自如，就像在乡间的田野和树林里散步，手中的指挥棒犹如活泼的魔棍，点到哪里，哪里就涌出清泉，开出奇花，飞出斑斓的蝴蝶和翠鸟。大大小小的提琴在他的指点下如千壑争流，连空气中都弥漫着它们晶莹清澈的光芒。两年前，我的朋友，旅德指挥家侯润宇曾带领德国的匈牙利交响乐团访问中国，巴托克的作品是这个乐团演出曲目中的保留节目。侯润宇的指挥曲目中，也有《弦乐嬉游曲》。这个长于演奏东欧作曲家作品的乐团，使我第一次领略了巴托克的魅力。侯润宇告诉我，巴托克的作品，既精美又饱含激情，是介于古典和现代之间的一种令人折服的完美风格。有些作曲家，在玩弄高超的前卫技巧时，把作品雕凿成碎瓷一般的新奇的东西，而从碎瓷的那些令人目眩的裂缝里流失的，是真挚的情感，是动人悦耳的旋律。我很难相信，那些没有悦耳的旋律的音乐，会有永久的生命力，假如有一天，它们没有了新鲜和新奇感，那么，爱乐者在选择时，必定会将它们淘汰。这就是莫扎特、贝多芬、肖邦和柴科夫斯基这样的音乐家永远不会过时的原因。巴托克的音乐大概也不会过时，多纳依的指挥棒，正在有声有色地描绘着这一点。《弦乐嬉游曲》的后半部分失去了一开始的优美和轻松，忧郁悲伤的情调使音乐的流水变得更为曲折，也不再清澈。浓郁的匈牙利风格出现了，它们却是令人心酸的哀叹，一声又一声扣拨着我的心弦，也像灰暗的云团，在天空中不安地翻滚。我知道，巴托克写这部曲子时，正是希特勒的铁骑蹂躏欧洲的年代，旅居他乡的巴托克不可能有晴朗欢悦的心情。音乐，以它特殊的方式描绘着历史的悲剧。我看不见背对着听众的多纳依的表情，他低下头，以指挥棒代替视线，注视引导着乐队在曲折的航道中奔濯流动……当年，人们大概能在这

Seashore by Moonlight by Caspar David Friedrich
《月光下的海滨》 弗里德里希

音乐，以它特殊的方式描绘着历史的悲剧。
我看不见背对着听众的多纳依的表情，他低下头，
以指挥棒代替视线，注视引导着乐队在曲折的航道中奔湍流动……

样的音乐中听到悲剧的预言，而现在，这样的音乐使人回顾历史天空中的乌云。

历史像一张无形的网，过去、现在和未来这三条经纬编织着这张网。没有一个艺术家能超越这张网。"二战"时，多纳依是德国慕尼黑大学法律系的学生，但他不认同法西斯主义，他参加了德国的地下抵抗组织。我想，巴托克在音乐中倾诉的感情，他一定能够理解，也会心有共鸣的。

在指挥完巴托克的作品之后，多纳依还指挥了理查德·施特劳斯的音诗《蒂尔的恶作剧》。用音乐叙述故事，留给听众的空间非常广阔，音乐中还有二流子蒂尔被送上绞刑架的特写。多纳依的指挥和乐队的演奏全都无可挑剔，只是我不怎么喜欢这部作品。这并不是因为理查德·施特劳斯曾经担任过纳粹德国的音乐总监（他的《家庭交响曲》，我就很喜欢），实在是因为它的旋律无法使我的感情产生共鸣。

下半场，多纳依演奏的是德伏夏克的《自新大陆》。这是我最喜爱的交响曲之一，听过多少遍，我已无法计算。克利夫兰交响乐团不愧为世界一流的乐队，德伏夏克那种魂牵梦绕的思乡之情，被表现得丝丝入扣，感人至深。在陌生的土地上，德伏夏克以音乐为翅膀，向着他日思夜想的故乡飞翔。这飞翔的过程，成为人类的感情转化为美妙艺术的最成功的典范。多纳依的指挥棒，把这样的飞翔控制得恰到好处。

我的情感之弦又一次被《自新大陆》重重地拨动。

谢谢了，多纳依。谢谢了，克利夫兰交响乐团。

音乐的航船

——听法国国家交响乐团演奏

　　迪图瓦先生挥动那根小小的指挥棒，指挥着他庞大的乐队，像指挥一艘装备精良的大船，驶入神奇的大海。我们都成了这艘大船上的乘客，在他的引导下，抵达一个又一个风光旖旎的港口。

　　巴托克的《神奇的满大人》讲述的是一个我们不熟悉的故事，乐队把听众带进一个喧嚣的城市，仿佛能看到有人在天光和灯光斑斓交织的小巷里舞蹈，优美中隐藏着忧郁，活泼中蕴含着紧张。我想在其中找寻匈牙利的旋律，却一无所得，一段长号的呜咽，似曾相识，使我感受到东方的情韵。这东方，是中国，是日本，还是他的祖国匈牙利，我说不清楚。在我的印象中，巴托克的音乐总是流溢着奇光异彩，也弥漫着烟雨云雾，在古典的大幕上，他用自己优雅的姿态，拉开了别人没有开启过的新鲜一角。

　　《逝去的时光》是中国人陈其钢创作的大提琴协奏曲，拉大提琴的也是中国人，不是马友友，而是王健，一个在上海长大的青年大提琴家。逝去的时光是什么，是惊天动地的壮举，是忧伤的回忆，还是刻骨铭心的爱和思念？都不是，在大提琴时而急促时而舒缓的叙述中，我仿佛面对无人的原野，秋风萧瑟，卷起漫天落叶；仿佛独步幽林，

Ballet Scene by Edgar Degas
《芭蕾》　德加

我想起很多年前在圣彼得堡看芭蕾舞《罗密欧和朱丽叶》……

听一脉细流在竹径边蜿蜒；仿佛披星戴月，月光把天边起伏的山影勾勒得轮廓分明……听这样的音乐，使我想起陶潜和谢灵运，想起王维的诗。现代人的音乐，把人引入古诗的意境，多么奇妙。

普罗科菲耶夫的《第五交响曲》，旋律不熟悉，但气息不陌生。俄罗斯人的悲伤和乐观，在他的旋律中交替出现。那种辽阔，那种深沉，那种回旋于天地探求叩问的执着，使我心驰神往。我想起很多年前在圣彼得堡看芭蕾舞《罗密欧和朱丽叶》的情景，舞蹈的场面逐渐淡忘，然而普罗科菲耶夫的旋律却使我难以忘怀。此刻，法国人将他的旋律演绎得气象万千，使我在恍惚中又好像回到了俄罗斯，又走进了圣彼得堡的莫索尔斯基剧院……

《波莱罗舞曲》，拉威尔的名曲，全世界的人都熟悉这来自法兰西的旋律。一面小军鼓，以极轻极幽的节奏，仿佛从天边传过来，一群游牧的马队，从迷蒙的地平线走来，由远及近，由远及近……迪图瓦站在指挥台上，低垂着头，像是在聆听，在沉思，在等待，指挥棒向着天边轻轻抖动，马队正应着召唤而来。那轻幽的节奏，终于发展成惊天动地的轰鸣，无数欢乐的男女，在飞扬的烟尘和耀眼的阳光里舞蹈。迪图瓦先生也从一尊沉思的雕像变成了一个奔放的舞者，和漫游翱翔的旋律一起手舞足蹈。尽情地舞蹈歌唱吧，人间的悲伤和烦恼，此刻暂且淡忘。音乐如同无数柄透明的宝剑，向四面八方劈射，天地间一切阴晦黑暗都被它们撕碎，天堂的光芒正从裂缝里流进来，照亮了我面前的茫茫大洋，海水又把光芒反射到天上，谁能阻挡美妙的光芒在天地间交汇？此刻，世界何等明亮。✿

Saint George Fighting the Dragon by Eugène Delacroix
《圣乔治勇斗巨龙》 德拉克罗瓦

音乐如同无数柄透明的宝剑，向四面八方劈射，
天地间一切阴晦黑暗都被它们撕碎，天堂的光芒正从裂缝里流进来，
照亮了我面前的茫茫大洋，海水又把光芒反射到天上，谁能阻挡美妙的光芒在天地间交汇？

晶莹的瞬间

　　那天下午，我正在听肖邦的一段钢琴夜曲，弹奏者是钢琴大师鲁宾斯坦。飘逸澄净的音符优美地蹦跳着、流淌着，在我周围的空间发出晶莹透明的回声。琴声徐缓，如歌如诉，尽管优美，但谁也不能否认蕴藏在这歌声中的忧伤，这淡淡的美丽的忧伤轻轻叩击着听者的心扉，使人如历梦幻，眼前仿佛出现许多遥远而迷人的故事，你是这些故事中的人物，你在这些故事中流浪，在这些故事中飘飞……人们把肖邦的钢琴曲比作抒情诗，实在不是夸张，文字构筑的诗歌永远无法传达出这样的意境。

　　突然地，外面就下起雪来。当我听到窗外有人在惊叫时，纷纷扬扬的雪花已经飘满了天空。雪花，是那么密集，那么大，明亮的天空几乎被它们遮盖了，变得混沌而灰暗，远方的楼房和树都消失了轮廓。这是真正的"鹅毛大雪"，是我们这个城市许多年来未见到过的雪。令人惊奇的是，这场雪毫无预兆，事先并没有寒冷的北风呼啸，也没有浓重的乌云笼罩，不久前，还是阳光灿烂。它们降临得那么突然！

　　雪无声地飘着，无声地落到了大地上。此刻，肖邦的钢琴夜曲依然在我的周围鸣响，钢琴的韵律和雪花的飘舞，似乎非常协调，仿佛是琴声在应和着飘飞的雪花缓缓流动，又像是雪花追随着钢琴的旋律翩然起舞。于是，我眼前的雪花便有了奇妙的声音，有了叮叮咚咚的脚步声。我凝视着窗外的雪，凝视着飘飞在天地间的这些洁白自由的自然精灵，记忆中一些和雪有关的情景便浮现在眼前。

　　许多年前，我还是一个刚踏出中学校门的小青年，命运就把我抛向陌生的异乡。也是在春节过去后不久的一天，我告别父母，孤身一人坐上了北去的列车。火车离开上海不远，天就下起了大雪。这是我一生中遇到的最大的一场春雪，雪花铺天盖地落下来，很快就覆盖了大地，从车窗里望出去，白茫茫一片，初春的江南，变成了一个银色的雪世界，铁轨消失了，铁路两边的电线上也积满了雪，木制的电线杆竟然难负其重，纷纷倒伏在路边。火车不得不停下来，停在远离车站和城镇的雪原之上。当时，在我的眼里，这场雪没有任何美感，我感到冷，感到茫然，感到命运正通过这场突然降临的大雪，向我发出了严峻而不详的预兆。车窗外，看不到人，看不见路，只有雪花在灰色的天空中飞扬……车厢里一片抱怨声，然而抱怨也没有用，火车被困在雪地里，谁也没有摆脱困境的回天之力。在我周围烦躁不安的乘客中，只有一个人情绪与众不同，别人怨天尤人，她却欢天喜地，别人唉声叹气，她却又唱又笑。这是坐在我对面的一个七八岁的小姑娘，她趴在车窗前，惊喜地看着窗外的大雪，嘴里大声地唱着："雪花雪花，白白的雪花，像盐像糖，亮亮的雪花。"她的歌十分单纯，我从来没有听到过这样的歌，以前没有听到过，以后也再没有听到过，我想这也许是小姑娘的即兴创作。我看着这小姑娘，听着她的歌，竟忘记了面临的困境。小姑娘由她的

Garden under Snow by Paul Gauguin
《雪下的花园》 高更

雪飞声地飘着，无声地落到了大地上。

母亲带着，她母亲是个三十来岁的少妇，穿着朴素，神态安详，她微笑着注视快乐的女儿，女儿的快乐也感染了她，她微笑着，耐心地回答女儿提出的关于雪的一个又一个问题。她回答不上时，小姑娘就来问我，看着她天真活泼的脸庞，我无法拒绝她，我尽自己所能，尽量回答她的提问……我们的列车在原野中停了整整一天，那小姑娘一直兴致勃勃，用她的歌声和笑声给周围的人带来了快乐。晚上，这一对母女互相依偎着安然入睡，我凝视着她们，就像凝视一尊表现母爱和童真的美妙雕塑，她们对生活充满了美丽的期望，即便面对着使旅途中断的冰雪。回想起来，我和这对母女才讲了不多的几句话，她们却像茫茫雪原中一盆温暖的炭火，驱散了我的孤独忧虑和烦躁。第二天早晨，火车开动了，我很快就到达了目的地。在陌生的土地上，在白茫茫的雪原中，我踏出了走向社会和生活的第一行脚印。当我在雪地里艰难地寻找道路时，心里一直响着那单纯明朗的歌声："雪花雪花，白白的雪花，像盐像糖，亮亮的雪花……"

就在我沉浸在遥远的往事中时，窗外的大雪已经消失。在暖风中，这场大雪居然没有留下任何痕迹，只是屋顶和路面有些潮湿。那漫天飞舞的鹅毛大雪，突然地来，又突然地去，犹如稍纵即逝的梦幻。而肖邦的钢琴夜曲，依然在我的周围鸣响，仿佛是那场大雪不绝如缕的美妙余韵。这早春的鹅毛大雪，尽管只是瞬间的闪现，但我很难忘记它们带给我的遐想。我想，在喧嚣的生活中，有这样宁静诗意的奇妙片刻，是多么好。🌀

小提琴和诗

意大利小提琴家萨尔瓦多·阿卡多第二次到中国来，我终于有幸在上海音乐厅听到了他的独奏，度过一个美妙无比的夜晚。

1994年以色列小提琴大师帕尔曼来上海，我听过他的演奏。这位坐在轮椅上的大师才华横溢，激情澎湃，使小提琴的演奏充满了激动人心的戏剧性。1996年，与帕尔曼齐名的阿卡多访问中国，我却错过了他的音乐会，一直引以为憾。

阿卡多是我景仰已久的小提琴大师之一。我收藏有六张阿卡多的唱片，其中有三张是帕格尼尼的作品，收录了帕格尼尼的六首小提琴协奏曲。20世纪50年代后期，十七岁的阿卡多在热那亚的帕格尼尼小提琴大赛中荣获金奖，此后，被世人称为"当代帕格尼尼"。当今活着的小提琴大师中，演奏帕格尼尼的作品，大概很难有人能和他相提并论。六张唱片中，有一张是维瓦尔第的《四季》，用的是四把18世纪的意大利名琴"斯特拉迪瓦里"。唱片的资料中，用六幅照片展示了这四把古老名琴各种角度的图像，金黄色的提琴上，有着细致而自然的纹路。在我听过的《四季》中，没有一张唱片比得上阿卡多的这一张，无论是演奏的火候，还是音色的明亮，阿卡多的演奏大概可以算是最高境界了。

阿卡多和帕尔曼相比，显得沉稳，显得文质彬彬，那把拉了两个多世纪的"瓜乃利"名琴在他的手中一点不觉得古老，只要弓弦一动，只要琴声一起，这琴就和他的手臂，和他的身体，和他的思想、灵魂联结成不可分割的一体。那天晚上，阿卡多的演奏曲目里有四首曲子：贝多芬的《F大调小提琴奏鸣曲》(《春天》奏鸣曲)，理查德·施特劳斯的《降E大调小提琴奏鸣曲》、德彪西的《g小调小提琴奏鸣曲》，还有希曼诺夫斯基的《帕格尼尼随想曲》。使人心醉的是贝多芬的《春天》奏鸣曲，它是如此的优美轻柔，在贝多芬的作品中并不多见。熟悉的旋律，经阿卡多的手拉出来，给人全新的感觉。《帕格尼尼随想曲》是他的保留曲目，快速的节奏，如风驰电掣，在展现他高超技巧的同时，也能让听众听到他从容不迫的激荡心声。

阿卡多是在用整个身心吟诵一首诗。

听完音乐会回到家里，我心里依然回荡着诗意盎然的琴声。遂以《天上的船听——阿卡多小提琴独奏》为题，写成一首诗：

> 小提琴在他手中成了一只船
> 自由的小船，在音乐中远航
> 载着人世所有的欣喜和忧愁
> 也载着春日的花雨冬天的雪光
> 水面上风景旖旎瞬息万变
> 岁月的河流悄然在指间流淌

一声叹息，绿叶从枝头飘落
银弦一颤，溪涧化成了汪洋

弓弦相吻传达出灵魂颤动
水面起伏滑过琴声的帆樯
船舷飞溅起晶莹闪烁的珍珠
天上人间的芬芳都在其中飘漾
我听见柔情的泉水在奔突蜿蜒
我也看到欢乐的泪珠漫天飞扬
谁也无法描绘航船的轨迹
导航的罗盘在大师心中深藏

拥抱提琴就像拥抱心中恋人
琴弓起落犹如颤动的翅膀
水上小船变成了轻盈的鸟
穿云破雾在宁静的星空飞翔
屏息倾听来自天上的妙音
翱翔的小船正叩打每一扇心窗
心里有花蕾，此刻且开放
放逐浪漫的想象，到天地间游逛

◀ p144　　*Violiniste* by Pablo Picasso
　　　　《小提琴手》　毕加索

　　　小提琴在他手中成了一只船
　　　自由的小船，在音乐中远航

灵魂的倾诉

——听帕尔曼小提琴独奏

那枝纤巧的琴弓，似乎是不经意地落到了琴弦上。接下来发生的事情，用语言简直难以描述。美妙的旋律，就产生在弓弦之间，它们如同奔溜的流水，如同飘忽的烟雾，如同隐藏在密林深处鸣唱的云雀，时而高，时而低，时而徐缓，时而急促，时而嘹亮，时而轻幽……此刻，世界上没有任何声音能淹没它们的回旋和鸣响，辽阔的空间被它们占据了，仿佛一切都在它们的回旋和鸣响中颤动，甚至融化。

他坐在椅子上，脚下放着他的手杖。此时此刻，他却是这个世界上最自由最敏捷的人。他闭上了眼睛，他却像一个兴致勃勃的旅行家，引导着我走进风光旖旎的花园，让我面对着美妙绝伦的风景惊叹。尽管他什么也没有说，他却把人世间最曲折最优美的故事展现在我的眼前，使我的心灵为之震颤……

琴声在寂静的黑暗中飘飞旋绕，不绝如缕。我沉浸在这神奇的旋律中，犹如徜徉于山林，漫步于海滩，犹如迎着清新刚健的风走向一个既熟悉又陌生的地方。我不知道即将在我面前展现的又将是什么景象，兴奋的期待使我激动不安……

我陶醉在他的琴声中时，琴声却仿佛已经消失，幽冥之中，我分明面对着一个真挚而忧伤的灵魂，他正将他深沉的欢乐和痛苦和盘托出，使我无法不为之动容。这是灵魂的倾诉！

记得我曾看过的美国电影《辛德勒的名单》，故事结尾处，辛德勒和一大群被他拯救的犹太人告别，当时的场景很像在舞台上演话剧，辛德勒有大段的台词，重复着伤感而动情的话，但观众没有一个觉得假，泪水情不自禁地从很多人的眼睛里流出来。这场戏的背景音乐，是一把小提琴如泣如诉的独奏。辛德勒说了些什么，在我的印象中已经淡漠，然而那把小提琴的倾诉，却在我的心中深深地留下了印记，想起它，我的心弦便会随之颤抖。那正是帕尔曼的琴声，是发自他灵魂深处的声音。我想，他懂得生和死之间的深刻含义，懂得生命的珍贵。他把这一切，传达给了手中的小提琴，又由小提琴传达给了世界。他手中这把意大利小提琴，已经在这个世界上鸣响了数百年。这把提琴真应该庆幸能遇到这样一位天才的主人。在帕尔曼的手中，它变成了一艘神奇的船，载着一个对世界和人生充满挚爱的灵魂，自由自在地飞翔漫游，使所有能看到它飞行的人，都为之陶醉，为之惊叹灵魂的多姿，惊叹艺术的神奇。

Flowering Garden with Path by Vincent Van Gogh ▸ p148
《花园和小道》 凡·高

他闭上了眼睛，他却像一个兴致勃勃的旅行家，
引导着我走进风光绮旎的花园，让我面对着美妙绝伦的风景惊叹。

至善境界

　　万籁俱寂。仿佛世界上只剩下一种声音，然而这声音是如此奇妙，它足以淹没一切空洞的巢穴，足以驱赶一切孤寂。欢乐的泪水在这声音里如涌泉一般流淌，悲伤的叹息如烟云飘绕。这声音，时而像一个激情洋溢的旅人，面对着空山大谷吟诵他无题的诗篇；时而又像一个心灰意冷的艺术家，在夜色中絮絮叨叨地诉说他的不幸；它也会变成鸟鸣，在晨雾弥漫的林子里迸射出灿烂的歌唱；也会变成流水，潺潺淙淙，沿着曲折蜿蜒的河床无拘无束地奔泻……

　　这是什么声音？

　　是小提琴独奏。许多年前听林昭亮的独奏音乐会时，他的琴声使我浮想联翩。那天他演奏的是贝多芬的《D 大调小提琴协奏曲》，一首我十分熟悉的曲子。他的演奏却给我一种焕然一新的印象。为什么同样一首曲子，同样是这些音符，他的演奏却显然不同于梅纽因，也不同于斯特恩？其中的奥秘难以言传。琴弓在四根银弦上轻盈地起落，手指在黑色的弦板上跳动，乌黑的短发和金黄色的琴体交织成色彩和谐的图画。我完全沉浸在古老的旋律之中。他时而微合双目陷入冥想，时而睁开眼睛遥望远方，或者凝视那四根在他的目光下颤动的银弦，如同看一个亲近的老朋友。而弓的起落和手指的滑动，完全是不假思索，一切都那么自然，那么顺理成章。弓和弦的每一次接触与摩擦，都是恰到好处。这是灵魂的触角在叩动艺术之宫的门环，那响声可以使所有聚精会神的心灵为之颤抖。然而没有人能复述那悠长无尽的回响。此刻，演奏家的灵魂和肉体，乃至他每一个细微的表情和动作，都已经和他手中的小提琴融合为一体，和小提琴所振荡出的旋律融合为一体。这是一种美妙的境界，这境界使乐曲升华，使曾经固定在曲谱上的旋律有了全新的生命和意义。我想，如果贝多芬还活着，他一定会感到新鲜。因为，这位中国小提琴家已经把自己对艺术和生命的理解贯注进《D大调小提琴协奏曲》中。

这是一种至善至美的境界。这种令人陶醉的境界如何才能产生，恐怕很难以三言两语解释清楚。如果仅仅凭着娴熟的技巧复述一件作品的外在形态，那么便无境界可言，哪怕复述得再完整再精确，依然只是复述而已。就像花匠临摹名画，临摹得再逼真，也只能是一件价值不大的赝品。我想，形成这种境界，需要用心灵去追求，当艺术家全身心都沉浸在一种渴望创造、渴望表达的状态中时，他就可能以自己的感情和想象力，以自己独具一格的手段，将一件人所共知的作品表达出全新的意义。当然，这种境界的创造，必须以熟练而完美的技巧作为基础，没有纯熟的技巧，绝不可能步入展现个性、创造新意的自由王国。在文学创作中，曾有人对一些炉火纯青的大师作这样的评价：从讲究技巧到无技巧。我想，这里的所谓无技巧，其实是在技巧高度纯熟之后的一种升华。

艺术家用心血和灵魂创造的至善境界，永远使我神往。

Statue of the Madonna in the Mountains by Caspar David Friedrich
《山上的圣母像》 弗里德里希

他时而微合双目陷入冥想，
时而睁开眼睛遥望远方，
或者凝视那四根在他的目光下颤动的银弦，
如同看一个亲近的老朋友。

怆凉的咏叹

　　那天晚上，我在体育馆看亚历山大红旗歌舞团演出。那些身着军装，表情肃穆的俄罗斯歌唱家们的歌声，一阵又一阵将我的心弦拨动。

　　多么熟悉的旋律！浑厚的男声如同江涛海啸，汹涌澎湃，雪浪翻卷，从渺邈而亲近的远方轰然逼近。早已成为遥远的往事、成为历史雕塑的卫国战争，在歌声里，在波浪般惊心动魄的旋律中，又缓缓展现在我的眼前……

　　我听见马蹄在月光下呼啸，我看到火光在呻吟中蔓延……我听见歌声在血泊里回旋，我看到生命在死亡中诞生……在血与火中，勇敢的战士奋然挺立，弹孔累累的旗帜在骄傲地飘扬。正义和善良，在法西斯的狞笑中高昂着不屈的头颅。我听见苍凉而优美的歌声正发出悠长的咏叹：战争啊，你烧焦过山林和大地，你毁灭过和平的家园，你曾把世界折磨得千疮百孔，然而你无法消灭一切，你无法阻挡春风，春风在寒冬过去后必定会重返人间，你无法封冻爱情，爱情在星光下掀起美妙的波澜……是的，最寒冷的黑夜，夜莺也在白桦林里唱歌；最严酷的时刻，绿草也在硝烟中萌芽。鲜血凝结的大地上，红梅花儿依然绽苞怒放；一声婴儿的啼哭，可以撕碎强盗最疯狂的宣言！

　　这就是血和泪、火光和硝烟交织的历史吗？这就是激扬着勇敢精神、弥漫着死亡气息的战争吗？

一个抒情的男中音在深情地唱："再见了，亲爱的城市，明天，要到海上去航行，只见那蓝头巾在飘扬……"当年的生离死别，就这样被诗化成一块蓝色头巾，在人群和大海边诗意盎然地飘动。

一群高亢的男高音在欢快地唱："正当梨花开遍了原野，河上漂着柔曼的轻纱……"当年的炮火硝烟，就这样化成了开遍天涯的花朵，雪一般洁白的花朵，血一般鲜艳的花朵。

当我轻拭去眼角的泪水时，我身后有两个年轻人起身离去。他们一边把座位碰出了响声，一边低声嘟囔："这样的歌，有什么意思？"

我无法阻止那两个年轻人离去。但是，不是所有的年轻人都像他们一样无动于衷。我看见，黑暗中闪烁着无数晶莹明亮的目光，这些目光如同草叶上的露珠，在晨风中闪闪发亮……这是心灵共鸣的闪光。

有人说，只有那些被坦克的履带轧过，被灼热的火焰烤过，被震撼天地的炮弹炸过的人，才真正懂得战争是何等残酷，何等可怖。然而，这些人都已经永远离开了人间，战争夺去了他们的生命。如今，大地上坦克履带的印痕早已消失，人们心头的弹坑也早已被和平的日子填平。然而，历史怎么会消失呢？曾经发生过的，永远也不会被抹去。当过去的战争变成艺术，变成这样一阵又一阵苍凉美丽的喟叹在我耳畔轰鸣时，曾经模糊的往事，此刻又清晰如昨。我想起歌声里唱的那些岁月，也想起我们这辈人唱这些歌的岁月……

歌声如涛，歌声如风，歌声吹落心灵的花瓣，撒落在悠悠岁月的河面上。歌声如同许多无形的手，推开天国的门窗，让死者和生者重新相见。歌声中，我听见一个遥远的声音在发问：人们啊，对那些用鲜血和生命交织成的悲欢，你们是否已经遗忘？对当年回荡在人心中的激情，你们是否已感到陌生和淡漠？

在歌声的余音中，我忍不住打开搁存多时的诗稿，我一行一行地写着：

但愿，战争会成为永远的往事
但愿，我们的子孙后代
只能在小说和歌声里认识硝烟
但愿，此刻在我耳畔轰鸣的歌声
会成为悲怆动人的绝响
让从未经历战争的人们倾听着它们
懂得和平的珍贵
懂得自由的尊严 🌀

Waves Breaking by Claude Monet　　▸ p156
《汹涌的海浪》 莫奈

浑厚的男声如同江涛海啸，汹涌澎湃，
雪浪翻卷，从渺邈而亲近的远方轰然逼近。

Claude Monet 81

精深和博大

　　和大多数中国人一样，我最初认识朱践耳，是因为那首题为《唱支山歌给党听》的歌曲。从 20 世纪 60 年代过来的中国人都会唱这首歌，动人的旋律，真挚的抒怀，优美中含着几分悲凉，昂扬中带着些许忧伤。西藏女歌手才且卓玛声情并茂的演唱，拨动了多少人的心弦。这样的歌声，一曲在心，终生难忘。

　　然而，朱践耳的才华绝不仅仅是谱写歌曲。20 世纪 80 年代中期，我听过朱践耳的几部交响音诗，其中《纳西一奇》和《黔岭素描》，用音乐描绘了中国西南边地的奇妙风情，使人在感慨音乐表现力丰富的同时，也感叹朱践耳的多才多艺。20 世纪 80 年代末 90 年代初，我听到了朱践耳创作的交响曲。他的第一到第五交响曲，每一部都是气势磅礴，含义深邃的力作。可以说，真正使我心灵震撼、使我对这位作曲家肃然起敬的，是他的交响曲。和那些像海潮一般汹涌激荡的交响曲相比，他写的歌只是一朵浪花，只是浩荡流水中的几片涟漪。

　　朱践耳的《第一交响曲》和《第二交响曲》，是对"文革"的回顾和反思，用交响乐表现这一段历史，不是一件轻松的事情，也不是一件容易的事情。据我所知，在中国，除了朱践耳，还没有其他作曲家创作同类题材的交响曲。

他是为自己出了一道难题。在听这两部交响曲的过程中，我的情绪如瀑布山洪般奔泻跌宕，在起伏的旋律中，我能感受到暴风狂啸，热浪喧腾，被扭曲的心灵在挣扎，被压抑的灵魂在呐喊。在音乐中，也能觉察到狂热后的惊醒，痛苦和失落，迷惘和困惑，交织成混沌的雾幛，在天地间回旋。然而，混沌中，不时有闪电划破黑幕，使人看到希望的光亮。《第二交响曲》中，那把钢锯琴奏出的悲愤和凄悯，把听者引入一个沉思者博大深邃的内心世界。把灾难化成音乐，把对历史的回溯和思考化成旋律，这似乎不可思议，朱践耳却做到了。他的交响曲不是图解历史，而是在用一颗善良真挚的心感悟历史，而是用一个勤于思索的哲人的目光审视流逝的岁月。作为从那个时代走过来的中国人，他的音乐使我产生强烈的共鸣。相信听过这两部交响曲的人都会有同感。在这两部交响曲中，作曲家情不自禁流露出来的忧患意识，凝聚着这一代中国知识分子和艺术家历尽磨难而不泯灭的良心。在中国现代音乐史上，这样的境界是任何其他作品难以替代的。

在第一和第二交响曲之后，朱践耳又连续创作了三部交响曲，难能可贵的是，这三部新作，他不仅赋予全新的内容，在形式上也全然不同于以前的创作，让人耳目一新。《第三交响曲》又名《献给藏族同胞》，是他到西藏采风之后的重大收获，这部交响曲不仅描绘了青藏高原辽阔奇异的风光，也展示了神秘的色彩，使人感到天地的阔大和人心的浩渺。《第四交响曲》，是纯粹的中国风格的交响曲，一杆竹笛，二十二件弦乐器，合奏出极具东方色彩的旋律，这是音乐的哲理诗，是一个东方哲人俯仰天地，感悟人生的曲折心语。《第五交响曲》，以昂扬的旋律，磅礴的气势，表现了中华民族奋发进取的精神风貌，中国的打击乐在这部交响曲中唱起了主角，那惊天动地的节奏激动人心，仿佛是一个伟大民族阔步走向未来的脚步声。作曲家的激情和理想，在这部交响曲中表达得淋漓酣畅。

朱践耳雄浑博大的交响曲，使那些媚俗的音乐相形见绌，相形失色。在中国，有多少人听过朱践耳的交响乐？恐怕不会太多。如果对这位作曲大师的了解，仅止于一首《唱支山歌给党听》，实在是一件遗憾的事情。

我认识朱践耳，但和他没有什么交往。在我的印象中，他是一个极朴实极随和的人，从来没有见他有过张扬的话语和动作。我非常惊奇，在他瘦小的身躯中，何以潜藏着如此澎湃深沉的激情？这大概是一个秘密。然而毫无疑问，音乐已经使他变成了一个巨人。

生死之门

有一天晚上，我在上海大剧院听音乐会。演奏的曲目是谭盾的新作《门》，名曰：多媒体歌剧。

三位女高音，扮演不同国度的三出歌剧中为爱情自杀的女性：歌剧《罗密欧和朱丽叶》中的朱丽叶，京剧《霸王别姬》中的虞姬，还有日本传统木偶剧《心中的天网》中那位叫小春的女性。歌剧的形式很新奇，乐队有一部分坐在观众席中，谭盾自任指挥，还和歌剧中的人物有一些对话。舞台上有三个摄像头，一个对准指挥，一个对准正在演唱的女演员，另一个对准一台打字机和一盆水，打字声和滴水声也是音乐旋律的一部分。三个摄像头摄得的画面，随着音乐的变化不时地交替出现在乐队背后的天幕上：时而是谭盾夸张的表情和挥动的双手，时而是演员的身姿或是她们的脸部特写，时而是正在打字的手或者拨动清水的手。有时候，几种情景重叠在一起，造成很浪漫的效果；有时候，谭盾激奋的表情或者女歌手哀怨的眼神被定格在巨大的幕布上，在视觉上给人惊心动魄的感觉。所谓歌剧，其实并没有什么情节，三位女歌手轮番上场，在充当审判官的指挥声色俱厉的追问下，用歌声唱出她们当初自杀的原因，以及她们的一些感慨，道出爱情带来的欢乐和苦难。也许是她们真情的倾诉感动了乐队和指挥，在音乐的高潮

阶段，指挥放下指挥棒，在寂静中大声告诉三位为爱情献身的亡灵："如果你们有勇气再活一次，我可以把门打开，让你们重返人间。"最后，三位女性一起唱着："爱情啊，你让我们消逝也让我们再生。"在交响乐队的伴奏下，她们穿过复活之门重新回到了人间。这部歌剧的音乐是东西方的融合。京剧在其中成为独立的乐章，和交响乐队配合得丝丝入扣，动人心弦。盛装的虞姬在交响乐的伴奏下且歌且舞，舞台上彩衣飘旋，剑光闪动。这样的表演，在西方人眼中，一定新鲜而美妙。但让人费解的是，在复活之前，三个女性一起站在台上高歌"南无阿弥陀佛"，似乎是强迫她们皈依佛教。金发碧眼的朱丽叶吟唱这样的佛偈时，便显得有点奇怪。

　　不过，毫无疑问，谭盾的创作是成功的。西方的听众会喜欢，东方的听众也能接受。🍀

◂ p162　　*Three Women* by Pablo Picasso
　　　　《三个女人》 毕加索

　　　　在交响乐队的伴奏下，
　　　　她们穿过复活之门重新回到了人间。

拨动心弦

很多年前，有一次我偶然打开收音机，电台里正在播放音乐节目，是一个粗犷沙哑的男声在唱歌。这歌声没有伴奏，没有任何花哨的噱头，歌手的语言是西北的土语，曲调大概也是即兴的创造，伴随这歌声的，是一种吱吱声，不知是录音机的转动声还是野外的风声。这样的歌唱和电台里平时播出的音乐节目大不相同，唱歌的人不是在表演，而是用他最本色的声音畅抒心怀。

我被这歌声吸引了，便用心听着。想不到，这歌声竟重重地拨动了我的心弦。很显然，唱歌的人并没有受过正规的声乐训练，也不是在舞台上演出，可以想象他所处的环境，脚下是浑厚的黄土地，身后是绵延起伏的群山，头顶是辽阔高远的蓝天……他的歌声，辛酸却优美，悲凉却高亢，这是一颗忧伤的心，伸展开颤抖的翅膀，从幽暗的山谷里飞出来，飞向大地，飞向天空，飞向我不认识的神奇的远方……我听不清他的口音极重的土语，但还是从他的歌声中辨听出这样的歌词：

你到地下，我要追你到地下，
你到天上，我要追你到天上。
你好好地走哎，让我再看你几眼；

你慢慢地走哎，好让我追上……

这是含泪的歌声，是用灵魂唱出的歌声，是一种原始而又高尚的精神倾诉，是刻骨铭心的感情用质朴的方式自由喷发。歌声像一只船，在清澈的急流中蜿蜒曲折地漂游前行，那些简单的歌词是船上的乘客，他们衣衫简朴，表情单纯，目光执着地凝视着远方，在他们的凝视下，你不得不收起一切浮躁的杂念，追随他们的目光走向远方。远方有些什么？远方的意象同样质朴单纯，是一个身穿花布袄的农家妇女，站在悬崖边上，用一种哀怨柔情的眼神注视你，那泪光闪烁的眼神摄人心魄……

是的，我的心弦被歌声拨动了，这朴素真挚的歌声打动了我，使我情不自禁地联想起人世间很多优美却辛酸的爱情故事。电台的播音员介绍说，唱歌的是一个农民，一个民间歌手，此刻播放的录音，是他在田里干活时即兴的歌唱，他在用歌声怀念他去世多年的妻子。面对着辽阔的原野，面对着浩瀚的天空，他旁若无人地尽情歌唱着，他在自己的歌中回忆逝去的夫妻恩爱，回忆他们携手度过的岁月，苦涩黯淡的日子，因为有爱情而变得甘甜。妻子去世后，这位歌手痛不欲生，但他找到了宣泄感情的方式：唱歌。当他放开喉咙歌唱时，他觉得妻子又回到了他的身边，她又像活着的时候一样，陪伴着他，默默地凝视，静静地倾听。在他的歌声里，人们听到的是两个人的声音，是两颗息息相通的心灵在天地间深情地互相倾诉对话。人们已经无法计算，他到底为亡妻唱过多少首这样的歌。这是发自灵魂深处的歌唱和叹息。死去的妻子活在他的歌声里，他也因这些歌声而获得新生。如果说，艺术是人类情感的结晶，这位民间歌手的歌唱，便是质地纯净透明的一种，虽然它们未经琢磨，但它们远胜于那些精心雕琢的假宝石。正因为未经琢磨，它们才显得如此独特，如此与众不同。和那些让世人瞩目的艺术瑰宝相比，它们也一点不逊色。

两年前，东方电视台的导演滕俊杰拍摄了一部优美的音乐片《心韵》，这是中国第一部美声唱法的电视音乐片，片子的主人公是年轻的女高音歌唱家黄英。《心韵》中演唱的大多是外国艺术抒情歌曲，只有一首中国绥远民歌《小路》。和那些结构繁复、意境博大的外国歌曲相比，《小路》显得异常简洁，它的歌词只有两句："房前的大路你莫走，房后边走下一条小路。"然而，听黄英唱这支歌时，我却被那优美的歌声带进一个幽深辽远的境界，两句歌词，竟变化出丰富的旋律。这歌声带着些许忧伤，带着无穷的憧憬和向往，迂回曲折，由远及近，又由近及远，使我的感情因此而跌宕起伏。听黄英唱《小路》时，我很自然地想起了那个在田头唱歌怀念亡妻的农民。这本来大概属于同一类型的民歌，《小路》经过了音乐家的再创作，在形式上便显得更为完整。一个是未经琢磨的璞玉，一个却是精心雕刻的雕塑，然而它们同样拨动我的心弦，同样使我在感动的同时享受到艺术的美妙。我想，这是因为这两者都有纯洁真实的品质与真挚深切的感情。当然，如果没有歌手出色的表达，人们什么也不会看见。记得我曾用这样的诗句抒发对《小路》的感想：

说不清世界上有多少条路

数不清路上有多少人

只要心里珍藏着爱

无论是通天大道，还是羊肠小径

只要走着，都能遇见迷人的风景

　　通向艺术至善境界的道路，大概是各式各样的，只要能拨动人们的心弦，只要能向世人展示动人的心灵风景，便是真正的艺术家。🌸

Road in the Mountains by Andre Derain　　▶ p168
《山间的路》(局部)　德朗

无论是通天大道，还是羊肠小径
只要走着，都能遇见迷人的风景

歌　者

孤独的歌手，即使唱着欢乐的歌，也会使人产生忧伤的联想。

那天下午，在基辅十月革命广场附近的地下过道里，我看到一位留着满脸胡子的中年人抱着一把吉他在唱歌。洪亮的歌声在地道里回荡，所有从地道走过的人，都在他的歌声包围之中。然而似乎没有谁在听他唱，人们匆匆忙忙地走自己的路，甚至连侧身看他一眼的兴致都没有。这位歌手好像并不在意人们是不是在听他唱，他只是不停地唱，不停地弹着吉他。有时候，他停止了歌唱，只弹吉他，粗壮的手指在琴弦上跳动得极灵活，他的眼睛不看琴弦，不看从他身边走过的行人，也不看放在他脚边的那个钱盒，只是凝视着正前方某一个只有他自己知道的目标。他就像一尊会发出声音的雕塑。

两个小时以后，我又一次从地道走过，这位歌手还坐在老地方唱歌。很明显，他累了，弹吉他的手已不如先前那么灵活，歌声也不如几个小时前那么洪亮。只有神态一如既往。

这时候，地道里的行人开始多起来，他终于被驻足听歌的人们包围了。我看见他的目光亮了一下，漠然的表情中增添了一些笑意。吉他的琴弦颤动得更快了，这是一首欢乐的乌克兰民歌的前奏，也许他想唱一支快乐的歌，来报答那些停下脚步来欣赏他唱歌的过路人。但很显然，唱这支歌的他有些力不从心了。在好几个高音的地方，他无法再唱得圆润，有时甚至使人感到他已声嘶力竭。他微笑着唱完了这首歌，不过，在那些活泼的旋律中，我没有感受到欢乐，只是听到一颗孤独而疲惫的心在颤抖。我想，那些乌克兰听众感觉和我应该是一样的。硬币落在钱盒中发出叮叮当当的声音。在一位站在歌手对面的少女的眼睛里，我发现了亮晶晶的泪珠……

这样孤独的歌手，我看见过好几位。离开基辅的前夕，也是在同一个地道里，一位身材魁梧的年轻人拉着手风琴在那里独自放声歌唱。他唱的不是乌克兰民歌，而是意大利歌曲《我的太阳》。年轻人笑嘻嘻的，似乎很轻松。他的嗓门响得出奇，加上地道水泥墙壁的回声，那歌声简直震耳欲聋。因为对《我的太阳》这首歌的旋律很熟悉，所以我能捕捉到他唱错的每一个音符。唱到最后那一段高音拖腔时，他的脸涨得通红，嗓子完全唱破了。我站在一边为他着急，他却若无其事，依然乐呵呵地笑着。好在那手风琴拉得很流畅，拉了长长一段花哨的过门，他又憋足气力开始重新唱《我的太阳》……

我不忍心再听下去。不过，对这位乌克兰小伙子的勇气和旁若无人的自信，我很佩服。

我也见到过在地道里唱歌的乌克兰姑娘。那次我走进地下通道时，只见迎面走过来三个年轻人：一个穿牛仔裤的姑娘，两个捧着吉他的小伙子。走到地道中间，两个小

夜半琴声 | 歌 者 |

伙子突然停住脚步，把手中的吉他弹得铮铮作响。姑娘站在他们中间，显得有些害羞。地道里的行人都站下来，等待着即将发生的事情。那姑娘定了定神，放开嗓门唱了起来。想不到她的嗓音极好，是醇厚的女中音。她唱的大概是一首流行歌曲。节奏活泼，却并不欢快。很显然，姑娘缺乏当众演唱的经验，她的神态、动作，都有些拘束。然而那美妙动人的女中音足以抵消她所有的缺陷。她的歌声如同一股清凉的泉水，在地道里不慌不忙地流淌，使听众们不知不觉沉醉在这泉水中。人们静静地站着欣赏她的歌声，所有人的脸上都带着微笑。姑娘越唱越自然，动作、表情和她的歌声终于协调起来。我想，如果给她机会，这姑娘可能成为一名非常出色的歌星。我听过布加乔娃的歌声，不见得比这位姑娘高明多少。

大约半小时以后，在我下榻的第聂伯河宾馆门门，我又一次遇到这位姑娘，她还是和那两个弹吉他的小伙子走在一起，三个人闷声不响地走路，似乎满面愁云……我永远也不可能知道这位姑娘在想什么心事，她的歌声却让我难以忘怀。

也有另外一些歌者，他们成群结队，用歌声抒发着相同的感情。这样的歌声即便忧伤，也能使人感受到生命的顽强和力量。

刚到基辅的那天傍晚，在市中心的大广场上我看到一群人围成一圈在唱歌。被人群围在中间的是三个年龄不等的男人，一个老人，两个青年，他们各自拉着手风琴，边拉边唱。周围的人群中男女老少都有，人人都在放声高歌，

◀ p171　　*Homme à la guitare* by Pablo Picasso
　　《弹吉他的男子》　毕加索

　　这位歌手好像并不在意人们是不是在听他唱，
　　他只是不停地唱，不停地弹着吉他。

▲ p173　　*Accordéoniste* by Pablo Picasso
　　《拉手风琴的男子》　毕加索

　　一位身材魁梧的年轻人拉着手风琴在那里独自放声歌唱。

他们唱的是同一支歌，一支古老的乌克兰民歌。这是一支深沉而伤感的歌，所有的乌克兰人都熟悉它古老的旋律，这旋律把漫长历史中的光荣和屈辱、欢乐和痛苦都交织在一起，使人百感交集。歌声召来了无数素不相识的乌克兰人，歌者的圈子越围越大，人们动情地唱着，有些人的眼睛里还闪烁着晶莹的泪光。这庞大的合唱团没有指挥，人群中却很自然地唱出好几个声部，并且极为合拍地汇合成一股雄浑的、震撼人心的声浪……

我见过的最感人的一个唱歌的场面，是在第聂伯河岸边的森林里看到的。森林里有一个露天的音乐厅，那天没有音乐会，音乐厅里空无一人，却有一阵奇异的歌声从密林深处传来，使我怦然心颤。这是基辅的郊区，急流滚滚的第聂伯河穿越峻峭的绝壁，把岸边的森林花园纳入它宽广的怀抱。歌声萦回在幽深的森林中，使我忍不住想看一看那些唱歌的人。这是许多人的合唱，歌声肯定不是出自专业合唱队，很多嗓门是沙哑的，有的女声甚至有些声嘶力竭，这歌声却深深地打动了我，歌声中有一种异乎寻常的激情，是歌唱者正在用心灵呼唤着什么，这呼唤是如此真挚，如此急切，就像穿越峡谷的第聂伯河，晶莹的水花满天飞扬，没有什么能阻挡它冲出峡谷，流向远方……

我循着歌声走进密林。当那个自由的合唱队出现在我的眼帘中，我不禁大吃一惊：正在树林里唱歌的，是一群白发苍苍的老人！他们有的席地而坐，有的靠在树干上站着，有的则一边引吭高歌，一边手舞足蹈。其中有一个老汉，坐在轮椅上，也在满面通红地放声歌唱。夕阳的金红色余晖从树林的枝叶间射入，斑斑驳驳地洒了他们一身……这景象，使我受到震撼，世界上，竟然有这样的合唱队！他们为什么而来，为什么而唱，他们在唱什么，为什么如此慷慨激昂？这些问题是没有答案的，然而无须回答，站在这群老人身边，置身在歌声的急流中，我很快就理解了他们，听懂了他们心中的呼唤。他们唱的是他们年轻时唱过的歌。歌声也许会把他们带回到残严酷的战争年代，带进硝烟弥漫的战壕；也许会把他们带进春天的白桦林，带回动荡而又温馨的初恋时节……他们旁若无人地唱着，不同的嗓门汇合成激情洋溢的声音，汇合成浪花飞溅的急流，在晚霞如火的天空中回旋飘舞……

我默默地、呆呆地看着密林深处的这群老人，默默地、呆呆地听着他们的歌声。我这个喜欢音乐的人，第一次这样强烈地被歌声震撼。我能感觉到沸腾的青春热血正在这歌声中奔流。多么可爱的老人，多么奇妙的歌声！当他们放声歌唱的时候，衰老远远地离开了他们，青春又在他们的目光中放射出灼人的光芒。歌声像船，像超越时空的飞艇，载着他们的心灵又回到了灿烂的年轻时代。我离开这一片密林的时候，老人们还在歌唱。他们仿佛根本没有看到我这个外国人的闯入。对一群老人来说，有什么能比回忆青春更激动人心的呢？他们的歌声，在我的心里回荡了很长时间。说实话，我有些羡慕他们，等我也老态龙钟了，恐怕很难有这种忘情高歌的机会和氛围。但愿不甘衰老的心灵中还会回响起年轻时代的歌唱。青春，应该是有回声的，这回声必定是动人心魄的歌。

The Old Musician by Claude Monet
《老音乐家》（局部） 马奈

他们旁若无人地唱着，不同的嗓门汇合成激情洋溢的声音，
汇合成浪花飞溅的急流，在晚霞如火的天空中回旋飘舞……

独轮车

　　我曾经在一个又一个寂静无声的夜间醒着，思绪如同浮游的雾气，不着边际地飘，不知何处是归宿。于是，我便努力静下心来，在黑暗中睁大了眼睛，凝神谛听，期望能有一些声音飘入耳中，哪怕这声音微弱得难以捕捉，但希望能有。譬如有一管洞箫呜咽，有一把小提琴低吟，或者是一个男人用低沉的嗓音在很远的地方唱一支听不清曲词的歌……然而总是什么也听不到。只有风声在窗外忽隐忽现，依稀能想起那风是如何撞动了树叶，如何卷起地上的尘土，也想起了发生在风中的的数不清的往事……想着想着，风声就似乎发生了变化，不再那么单调，也不再那么无从捉摸。它们在我的耳中化成了音乐，时而是轻柔的小夜曲，时而是雄浑的交响乐，时而是奇妙的无伴奏合唱，旋律既熟悉又陌生。作曲的不是别人，而是我自己。

　　假如热爱音乐，每个人都可能是作曲家。当然，你创造的旋律也许只在你自己的内心回旋，旁人无法听见这些属于你的音乐。我小时候不知音乐为何物，只知道有些声音好听，有些声音刺耳，于是总想拣那些好听的声音来听。我四五岁时跟大人到乡下去，农民用独轮车把我从码头送到村子里，一路上独轮车吱吱呀呀响个不停。这声音实在不怎么悦耳，像是一些老太婆尖着嗓门在那里不停地瞎叫嚷，听得人心烦。从码头到村子的路很长，耳边便不断地响着独轮车那尖厉而单调的声音。一路上有很多风景可看，忽而是一片竹林，忽而是一棵老树，忽而是一座颓败的小教堂，当然还有各种各样的石桥，有被炊烟笼罩着的村庄……看着看着，我似乎把独轮车的声音忘了，那声音逐渐和眼里掠过的故乡风景融为一体，于是再不觉得刺耳。那时这种木制的独轮车是乡间最主要的运输工具，在公路上，在弯弯曲曲的田埂上，到处是吱呀作响的独轮车。有时候，几十辆独轮车排成长龙在路上慢吞吞地行进，阵势颇为壮观。而几十辆独轮车一起发出的声响简直是惊心动魄，那些尖厉高亢的声音交织汇合在一起，像一群受压抑的人在旷野里齐声呼叫。我无法听懂这种齐声呼叫的意义。我常常凝视着那些沉默的推车人，他们大多是一些瘦削的老人，布满皱纹的脸上没有笑容，车带深深地勒进他们的肩胛，汗珠在每一道肌腱上滚动。我觉得独轮车的声音就是从这些推车人的心里喊出来的……

很多年以后再回乡下，便很难见到这种独轮车了。坐着汽车驶过原野，心里居然惦记着独轮车的声音，希望能再听一听。没有了这些声音，乡村的绿树碧水中，仿佛缺少了一些东西。缺少了什么？我说不清楚。当我向乡里人打听消失了踪影的独轮车时，人们都用诧异的目光盯着我，一位开汽车的中年人反问道："你问这干啥？"在我惶然的沉默中，发问者已笑着自答："它们早过时了。独轮车的时代不会再回来喽！"

我依旧惶然，只是开始为自己的过时而惭愧。怀恋那

种原始落后的玩意儿，岂不过时？不过，我还是见到了独轮车。那是在一间堆放柴草杂物的小屋子里，一辆古旧的独轮车被蛛网和尘土笼罩着悬在梁上，车把已断了一根，车轮也已残缺不圆。我默默地看着它，一种亲切感油然升上心头。我仿佛看着一把被人遗弃的古琴，琴弦虽已断尽，琴身也已破裂，然而它依然是琴。只要你曾经听到过它当年发出的美妙音响，那么，即便无法再弹奏它，琴声依然会悄悄地在你心头旋起，这旋律，将会加倍地动人。你会用自己的思念和想象使残破喑哑的古琴复活……

独轮车大概是很难复活了。只是那悠长而又凄厉的声音，却再也不会从我的心中消失，它们化成了属于我的音乐，时时在我的记忆中鸣响。这音乐能把我带回到童年，带回到故乡。🌀

◀ p179　*Country House* by a River by Paul Cézanne
《水边小屋》 塞尚

只有风声在窗外忽隐忽现，依稀能想见那风是如何撞动了树叶，如何卷起地上的尘土，也想起了发生在风中的的数不清的往事……

远去的歌声

记忆是一个奇妙的仓库，你经历过的情景，只要用心记住了，它们便会永远留存下来，本领再高的盗贼也无法将它们窃走。记忆中那些美好的库藏，可能是一个动人的故事，一张温和的笑脸，一幅优美的画，一个刻骨铭心的美妙的瞬间，也可能是一种曾经拨动你心弦的声音。

是的，我想起了一些奇妙的声音。这些声音早已离我远去，我却无法忘记它们。有时，它们还会飘漾在我的梦中，使我恍惚又回到了童年时代。

在一些晴朗的下午，阳光透过窗玻璃的反照，在天花板上浮动。这时，窗外传来了一阵悠扬的女声："修牙刷坏格牙刷修喂"这样枯燥乏味的几句话，竟然被唱出了婉转迷离的旋律，这旋律，悠扬，高亢，跌宕起伏，带着一种幽远的亲切和温润，也蕴涵着些许忧伤和凄美，在曲折的弄堂里飘旋回荡，一声声扣动着我的心。这时，我正被大人强迫躺在床上睡午觉，窗外传来的这声音，仿佛是映照在天花板上的阳光的一部分，或者说是阳光演奏出的声音和旋律，在我童年的记忆中，午后的阳光，就有着这样的旋律。我的想象力很自然地被这美妙的声音煽动起来，我追随着这声音，走出弄堂，走出城市，走向田野，走到海边，走进树林，走到山上，走入云端……奇怪的是，在我的联想中，就是没有和牙刷和修牙刷的行当连在起一的东西，只是一阵从一个遥远而陌生的地方传来的美妙音乐。我唯恐这音乐很快消失，便用心捕捉着它们，捕捉它们的每一个音符，每一次回旋，每一声拖腔。这声音如游丝一般在天边消失后，我也不知不觉被它带入了云光斑斓的梦境。

这声音和浮动的阳光一起，留在了我的心里，就像一枝饱蘸着淡彩的毛笔，轻轻地抹过一张雪白的宣纸，在这白纸上，便出现了永远不会消除的彩晕。这些歌声，修牙刷这样乏味的活计，在我的想象中竟也有了抑扬顿挫的诗意。我常常想，能唱出如此奇妙动听歌声的人，必定是一些很美丽的女人。我不止一次想象她们的形象：柳树一样的身姿，桃花一样的面容，清泉一样的目光，她们彩云一样播撒着仙乐飘飘而来，又彩云一样飘然而去……因为这些歌声我从来没有把这声音想成吆喝或者叫卖，它们确实是歌，或者说是如歌的呼唤。然而见到她们后，我吃了一惊，她们和我想象中的仙女完全是两回事。

有一次，我在弄堂里玩，突然听到了"修牙刷……"的呼喊，这声音美妙一如既往，悠然从弄堂口飘进来。我赶紧回头看，只见一个矮而胖的姑娘，穿一身打补丁的大襟花布棉袄，背一个木箱，脚步蹒跚地向我走来。她的容貌也不耐看，小眼睛、凹鼻梁、厚嘴唇，被太阳晒得又红又黑的脸色显得茁壮健康。那带给我很多美丽幻想的仙乐，就是由这样一个丑陋的苏北乡下姑娘喊出来的！

我后来又看到过几个修牙刷的姑娘，她们除了修牙刷，常常还兼修雨伞。她们的形象，和我第一次见到的那位差不多。我不止一次观察过她们修理牙刷的过程，那是一种

Children on a Doorstep by Edgar Degas

《在门口玩耍的孩子》 德加

有时，它们还会飘漾在我的梦中，使我恍惚又回到了童年时代。

细巧的工作，用锥子在牙刷柄上刺出小洞，然后再穿入牙刷毛。她们的手很粗糙，然而非常灵活……

有意思的是，这些长得不好看的村姑，并没有破坏我对她们的歌声的美好印象。记忆的宣纸上，依然是那团诗意盎然的彩晕。当我在午后的阳光中听到她们的呼喊时，我依然会浮想联翩，走进我憧憬的乐园。

那声音，早已远去，现在再也不会有人要修牙刷。我很奇怪，为什么我会一直清晰地记得它们。当我用文字来描绘这些声音时，它们仿佛正萦绕在我的耳畔。有时候，当我睡在床上，在将醒未醒之际，这样的声音仿佛会从遥远的地方飘来，使时光倒流数十年，把我一下子拽回到遥远的童年时代。

在童年的记忆中，这样的声音并不单一。那时，街头巷尾到处有动听的呼喊，除了修牙刷修伞的，还有修沙发的，箍桶的，配钥匙的，修棕绷床藤绷床的，所有的手艺人，都会用如歌的旋律发出他们独特的呼喊。还有那些飘漾在暮色中的叫卖声，卖芝麻糊的，卖赤豆粥的，卖小馄饨和宁波汤团的，卖炒白果和五香豆的，一个个唱得委婉百转，带着一种甜美的辛酸，轻轻叩动着人心……

这样的旧日都市风景，已经一去不返。现在时常出现在新村和里弄的叫买声，粗浊而生硬，只有推销的急切，毫无人生的感慨，更无艺术的优雅。使我聊以自慰的是，现代人欣赏音乐，有了更多现代的途径。不用天天到音乐厅去，只要套上耳机，转动一张 CD 唱片，便能沉浸在音乐的辽阔海洋中。然而，有什么声音能替代当年那些亲切温润的歌唱呢？

感觉大剧院

新落成的上海大剧院成了上海最耀眼的新景观。白天，白色的大剧院像一个巨大的玻璃雕塑，在阳光下闪烁着奇异的光芒，那 U 形的屋顶像一对展开的翅膀，仿佛马上就要起飞。到了夜晚，大剧院的景象就更加美妙，在夜色中，它是一座晶莹剔透的水晶宫，瑰丽而又神秘，使过往观者心驰神往。进大剧院看歌剧听音乐会，对一个爱乐者来说，自然是至高的享受了。我已经四进大剧院，每次都有不同的感觉，不妨小记如下。

第一次是大剧院的首演，我去看中央芭蕾舞团献演《天鹅湖》。《天鹅湖》对我实在没有多少吸引力了，我曾经看过上海芭蕾舞团、圣彼得堡芭蕾舞团和法国的芭蕾舞团演出各种版本的《天鹅湖》。尤其是在圣彼得堡莫索尔斯基剧院看的那场《天鹅湖》，我以为是《天鹅湖》的最高境界。这一次，只是来感受大剧院辉煌精致的气氛。演出开始和中场休息时，我在迷宫般的大剧院里上上下下参观了一遍，那种豪华和气派，就是在国外的剧院里也没有见过。看到那些外国人惊异钦羡的目光时，自然情不自禁地生出自豪感来，中国人也有了这样的大剧院。中央芭蕾舞团的演出很出色，场面也堪称华丽多姿。白天鹅们在湖畔的群舞，如诗如画，恍若仙境。遗憾的是，伴奏的广播交响乐

Three Ballet Dancers by Edgar Degas
《三位芭蕾舞女》 德加

白天鹅们在湖畔的群舞，如诗如画，恍若仙境。

队不够水准，小号竟然好几次吹得走了调。不过，这只是平静的湖面上飘过一片败叶，无损于夜色中美妙的天籁。

我第二次进大剧院，是看意大利佛罗伦萨歌剧院和上海歌剧院联合演出的《阿伊达》。这是我有生以来看过的最出色的一场歌剧，无论是演唱的水准，还是演出的场面，大概都称得上海有史以来举办的最精彩的一场歌剧。几位在剧中担任主演的，都是世界一流的歌唱家。扮演拉达姆斯的男高音原来是格里高利，因为他无法来，临时换上了马丁努奇，这位"替补"拉达姆斯，却是全世界最出色的，被人称为"拉达姆斯之王"。他用激情洋溢的歌声，令人信服地刻画了他的角色，那个在爱情和爱国这两种感情之间徘徊，作着痛苦抉择的勇士。演女奴阿伊达和埃及公主的两位女歌唱家，也都留给我深刻的印象。尤其是演埃及公主的女中音，浑厚而清澈，把角色妒火中烧、爱恨交织的复杂情绪演绎得惊心动魄。歌剧是融音乐、舞蹈、雕塑于一体的艺术，《阿伊达》把人带入两千年前的古埃及。金字塔在夕阳中默立，狮身人面像默默地凝视着发生在他身边的爱情、战争和阴谋，金碧辉煌的宫殿和神庙里，金甲辉动，霓裳曼舞……剧中人哀中寻乐，乐极生悲，歌声如阳光雷电，也如苦雨凄风。两个恋人，最后相会在黑暗的墓穴中，走向幸福的同时，也走向死亡。这样的故事，使我联想起中国的《梁山伯与祝英台》，还有《白蛇传》，都是爱情的悲剧，虽然故事完全不同，却有着异曲同工的内涵。值得一提的是大剧院的音响效果，坐在剧场的任何一个角落，都能清晰地听到舞台上的歌声。剧场就像一个奇妙的大共鸣箱，接纳着每一个最轻微的音符，又准确无误地将它们传递到听者的耳膜。

我第三次走进大剧院，是出席旧金山市长的招待酒会。酒会就在大剧院阔大的门厅中举行，酒会上，从旧金山来的一批黑人歌唱家在门厅二楼的廊台上演唱助兴，他们唱的是黑人的灵歌，激越深情的歌声，在金碧辉煌的厅堂里萦回荡漾，这是灵魂的呐喊，其中一位年轻的女歌手唱得尤其动人。和我站在一起的女科学家叶淑华，忍不住轻声赞叹道："唱得真好。"很可惜，没能请这些远道而来的歌唱家到剧场的舞台上演唱。酒会结束后，客人们才走进剧场，听上海民族乐团演奏了一曲《喜洋洋》。

我第四次去大剧院，走的是后门，听卡雷拉斯和黄英排练。这次，我看到了那个巨大的圆形舞台，这是一个能旋转的舞台，面积比观众席还大，一个人头挤挤的交响乐团坐在台上，只占据了舞台的一角。我不知道，世界上还有没有比它更大的舞台。个子矮小的卡雷拉斯走上舞台时，面对着乐队亮开嗓门大喊了几声，他的金属般的声音在大舞台空旷的穹顶上回荡，绕梁的余音仿佛从天外飘来……

坐在大剧院中陶醉于音乐中的时候，我体会到了生活在上海的幸运。我想，只要有机会，我还会一次又一次走进大剧院，去寻找遨游天堂的感觉。

梦想起飞的殿堂

彷佛是一个神奇的童话。七十多岁的上海音乐厅，迈着细碎的脚步，从马路边缓缓地走到了花园里。世界上会走路的音乐厅，大概只有这一座吧。一座庞大的建筑，是如何移动这五十多米的？其中的智慧和艰难，让人浮想联翩。

上海音乐厅，在我的心目中，是一个和梦想联系在一起的艺术殿堂。四十多年前，我第一次走进上海音乐厅时，便被它的建筑风格吸引，大理石圆柱，气度不凡的楼梯、栏杆和拱门，使我联想起巴黎和罗马那些恢弘古老的宫殿。那时我还是个孩子，楼上楼下跑来跑去，印象中，它金碧辉煌，曲折幽深，是一个只有在外国小说中才能看到的美妙迷宫。我第一次进上海音乐厅，是看电影，记得是看一部匈牙利电影《神花宝剑》，电影中的景象和音乐厅的建筑似乎非常吻合。

上海音乐厅能在我心中留下深刻印象，当然主要还是因为我无数次在这里听各种各样的音乐会。要把所有在这里听过的音乐会记下来，根本不可能。很多世界级的大师曾经在上海音乐厅演出，如斯特恩、阿卡多、祖克尔曼、傅聪等。在这里聆听这些大师演奏，实在是人生极乐极美的瞬间。我曾在这里听阿卡多拉小提琴，听傅聪的钢琴独奏，也曾在这里听来自世界各地的乐队演奏。我想，建筑若是有情感和记忆的话，一定也会被曾回荡在这里的美妙音乐陶醉，音乐厅的墙壁和廊柱间，将会铭记下多少令人销魂的旋律。

阿卡多在上海音乐厅的演出，我也有幸聆听了。有绅士风度的阿卡多在上海音乐厅的舞台上，没有一点疏隔的感觉，那把被拉了两百多年的"瓜乃利"名琴，在他的手中并不显得古老。弓弦一动，琴声一起，这把小提琴就和他的手臂，和他的身体，和他的思想和灵魂结合成不可分割的一体。那天晚上，他演奏了四首曲子：贝多芬《F大调小提琴奏鸣曲》、理查德·施特劳斯的《降E大调小提琴奏鸣曲》、德彪西的《g小调奏鸣曲》，还有希曼诺夫斯基的《帕格尼尼随想曲》。四首风格不同的曲子，被他拉得激扬飞动，荡气回肠。最令人难忘的是《帕格尼尼随想曲》，快速的节奏，如风驰电掣，在展现他高超技巧的同时，也能让听众听到他从容不迫的心声。

上海音乐厅的音乐会，很多令我难忘，无法一一记述，值得一提的，还有小提琴家林昭亮的独奏音乐会。那天他拉的是贝多芬的《D大调小提琴协奏曲》，我最喜欢的一部小提琴协奏曲。以前听到的全是唱片，那是我第一次听一位世界级小提琴家现场演奏。年轻的林昭亮以他精湛的技巧和深挚的激情，将这部名曲诠释出新的意韵，留给我极深刻的印象。我后来将这种印象写成散文《至善境界》，曾使不少爱乐者神往。

斯特恩1979年在这里演出时，我没有机会到现场听，只能在电视机上看转播，那时家里还没有彩色电视机，在一台十四寸的黑白电视机上，欣赏斯特恩的演奏，记忆中竟和现场聆听没有什么区别，因为对上海音乐厅的环境和气氛实在太熟悉。电视屏幕上那个挥动琴弓激情演奏的黑白人像，和记忆中上海音乐厅彩色的形象融合为一体。

很多曲子，我是在这里第一次听到的，如马勒的《第二交响曲》。十多年前，一个德国指挥家指挥上海交响乐团在这里演出时，我是台下一个痴迷的听众。那部作品是器乐和人声的交响，虽然旋律陌生，但气象万千，细腻处如泉流涓涓，粗犷时又似地裂山崩，合唱队的歌声犹如天上的精灵，飘飞在乐队上空。传说中马勒的作品艰涩，但我感觉事实并非如此。这以后，我又听了不少马勒作乐的唱片，颇多共鸣之处。

我曾经写过一篇题为《在天堂门口》的散文，是写在上海音乐厅遇到的热爱音乐的听众。我喜欢音乐厅里的气氛，当灯光暗淡下来时，当指挥在掌声中走上来时，当音乐在寂静中轰然而起时，音乐厅里有多少热爱音乐的心灵随之颤动。美妙的音乐为爱乐者打开了天堂之门，陶醉在音乐中，如同进入天堂和仙境。我留意过沉醉在音乐中的表情，留意过那些专注神往、含着泪光的眼睛，而我自己，正是这些表情和眼神中的一分子。上海音乐厅曾经使很多人梦想成真，其中有在这里展现才华的音乐家，更有在这里亲近音乐的听众，很多人是走进音乐厅后才渐渐迷恋音乐，成为真正的爱乐者。为了普及高雅的音乐，上海音乐厅曾经办过很多场免费的星期天音乐讲座，当年在这里听音乐讲座的少年人，现在都是成年人了，他们大概会终身感激这个把他们引进艺术宫殿的场所吧。

从前在上海音乐厅听音乐会时，我时常能听到一些杂音。音乐厅隔壁弄堂里的声音，有时会透过门缝钻进来。尤其是在乐队沉寂、只有一把小提琴或者一支长笛独自吟唱时，外面的声音会很清晰地传进来，有时是邻里间的呼唤，有时是锅瓢的撞击声，甚至还会有打更的铃声。在我的记忆中，这些声音并不讨厌，它们曾经是身居闹市的上海音乐厅的一部分，它们幽幽地从门缝里钻进来，彷佛来自遥远的天外，并没有破坏音乐的旋律。令我深恶痛绝的是音乐厅里的另外一些声音：音乐会开始后，迟到者入座时翻动椅子的乒乒乓乓之声；乐队演奏时听众肆无忌惮的说话声；嗑瓜子、剥糖纸的声音；后来又有了手机无礼的鸣叫。有一次听上海交响乐团演出，我的一位邻座，一个中年男人竟然从头至尾不停地嗑瓜子，演出结束时，那位吐了满地瓜子壳的贪嘴者，却已酣然入睡。最让我感到羞愧的一刻，发生在一位土耳其女钢琴家的独奏音乐会上，她在台上演奏莫扎特的钢琴奏鸣曲，台下听众的喧哗竟然淹没了台上的琴声。那位女钢琴家终于忍无可忍，她停止了弹奏，转过脸来，望着台下的听众，表情中交织着愤怒和迷茫……她不明白，既然不喜欢音乐，也不懂得尊重艺术，为什么要到音乐厅里来？值得庆幸的是，这一切已经成为历史。

走进了花园的上海音乐厅，会向热爱音乐的人们呈现怎样的新景象呢？我的心里充满了美好的期待。

在天堂门口

小时候，我曾在一本外国画报中见过一组照片，印象极深，几十年来一直忘记不了。那是从音乐会观众席中摄下的一组人物，一组陶醉在音乐中的人物：一位秃顶的老人，低垂着头以手持额，人们只能看到他亮晶晶的头顶和一绺银色的鬓发，以及挺直的鼻梁下一张抿得紧紧的嘴；一位金发姑娘，侧着脸凝视前方，大睁着的眸子里含满泪水；还有一个小男孩，小嘴微张着，稚憨的小脸上全是惊奇；而一位老妇人却仰起脸，闭上了眼睛，两只手紧捂在胸口。这四幅照片的题目有点奇怪，叫作《在天堂门口》。

后来，我自己成了痴迷的爱乐者，经常出入音乐厅，美的音乐使我一次又一次深深沉醉其中。没有人为我解释《在天堂门口》的意义，但我懂得了它。在这个世界上，当然不存在什么天堂，那是虚无缥缈的幻想，但人类确实为自己创造了天堂一般的境界，譬如音乐。当那些千姿百态的旋律在空中自由飘荡时，你的感情和意志情不自禁会随之翱翔，音乐能引导你游历许多人间难觅的奇境。平时纠缠不清的烦恼暂时烟消云散。只有音乐，亲切而又庄严地在你的心中回响。欣赏音乐，如同站到了天堂门口。当你的精神和音乐融为一体的时候，你就成了另外一个人，冷漠的人会激动起来，暴躁的人会安静下来，不爱回忆的人会敞开记忆的门窗，不爱幻想的人会展开想象的翅膀……《在天堂门口》中那几位沉醉在音乐中的人，就已经进入了这种境界。在音乐厅里，我有时也留心其他听众的表情，我发现，像《在天堂门口》这组照片中的形象，在我们中国的音乐厅里也不难找到，听众们互不干扰，各自以自己的方式陶醉于音乐中，有的双目微合，有的垂首沉思，有的用手指轻轻点着面颊，有的浑身随音乐颤抖着……其中有一位听众，我一直无法忘记。

那是一个秋夜，我去听一场交响音乐会。音乐会演奏的曲目中有李姆斯基·科萨可夫的交响诗《天方夜谭》。当时，世界名曲刚刚被"解放"，饥渴已久的音乐爱好者们蜂拥在音乐厅门口，手中有一张入场券的人无不喜形于色。场子里座无虚席，听众们静静地期待着开场。我坐在第三排居中的座位上，舞台上的情景一目了然。听众席的灯光暗了下来，乐手们已经在台上各就各位，校音的器乐声也已经消失。只要指挥一出场，音乐马上就会潮水一般涌来。然而我身边的一个座位竟然还空着！一丝微微的不快从我的心头掠过。音乐会上迟到的观众是令人讨厌的，等音乐响起来后，他将磕磕碰碰地从我的面前挤过去，把座位弄得噼啪作响，多扫兴！

他几乎和指挥同时上场。当指挥在哗哗的掌声中风度翩翩地从台侧走出来时，他才急匆匆地挤进来，入座。从我身边走过时，似乎有一股臭烘烘的汗味飘来。一只尼龙丝网袋，不轻不重在我的肩膀下撞了一下。"对不起。"他低声打了一个招呼，悄悄坐了下来。我侧过脸去，借着舞台上的灯光迅疾地扫了他一眼，他的形象使我吃了一惊。这是一个壮实的中年人，肤色黝黑粗糙，穿一身打过补丁的旧工作服，看样子像刚刚下班干重体力活的工人，是码头装卸工或者筑路工之类。放在他膝盖上的尼龙丝网袋里，装着一个筒形饭盒。

我心里有些纳闷。他莫不是走错门了？在这个音乐厅里，大概再也找不出第二个像他这样的听众，所有人都是衣冠整洁，文质彬彬。我当然无法问他，他也不可能和我说什么，只有臭烘烘的汗味一阵一阵飘来……

指挥举起了小小的指挥棒。《天方夜谭》的优美旋律开始在音乐厅里回荡，神话中的人物纷纷在音乐中忽隐忽现：勇敢英俊的王子，善良美丽的公主，历尽艰辛的水手，在风浪间出没的帆影……

我沉浸在音乐中，忘记了那位奇怪的邻座。突然，身边有一些轻微的声音传过来，使我不得不侧目。邻座的形象又使我愣了一愣——他身体前倾，眼睛灼灼发光，脸上是一种专注神往的表情。那精短的手指合着音乐的节奏，轻轻叩击着膝盖上那个饭盒。更让人不可思议的是，他正在用一种低沉沙哑的声音，准确无误地和乐队一起吟唱着。他的吟唱极轻，就像一把低沉的大提琴，不引人注目地把自己优美的声音汇入海浪一般起伏的乐曲中……

看不出来，还真是个熟悉音乐的！我不由得对他肃然起敬，并且为自己心里那种浅薄的偏见感到脸红。即便他真是个码头装卸工或者筑路工，为什么就不能喜欢音乐呢！也许，为了赶这场音乐会，他一下班来不及换衣服就

跑来了……

音乐会结束后，我的这位邻座提着饭盒急匆匆地走了，消失在人海中。人海茫茫，以后，我再也没有机会见到他。可是，只要坐到音乐厅里，我就会很自然地想起他。如果听到《天方夜谭》的旋律，他的形象便会清晰地在我的眼前重现：汗渍未干的工作服，黝黑的脸上露出专注神往的神情，粗而短的手指叩击着饭盒，还有他那沙哑优美的吟唱……有时候，我似乎觉得他就像《天方夜谭》中的人物，闪烁着神秘的光彩。我也曾经运用我的想象力，对他的身份和经历作出种种猜测。在我的猜测中，他是一位受难中的知识分子，他把音乐当成了精神支柱……

我的记忆库藏中，《在天堂门口》这组照片早已不止四幅了。印象最深的一幅便是我的那位邻座。我想，假如把音乐的殿堂比作天堂的话，这天堂的大门是向所有人敞开着的，只要你向往并热爱它，它自然会将其中的美景毫无保留地奉献给你。人间的世态炎凉和种种偏见无法污染神圣的音乐。有多少伟大的音乐家曾在穷困落魄中谱下了不朽的乐章，这些乐章使听者的心灵燃起生和爱的火焰，无数后世的人在这些乐章中得到无与伦比的欢乐。在美妙的音乐中，人们一遍一遍由衷地感叹：生活是多么美好，人生是多么美好，音乐家创造的天堂是多么美好！ 🌸

◂ p196　*At the Theatre* by Pierre-Auguste Renoir
　　　《在剧院》(局部)　雷诺阿

　　　音乐能引导你游历许多人间难觅的奇境。

神　游

——在贝多芬《田园交响曲》中幻想

一

我是一棵蓊郁的合欢树，

摇曳着葱翠葳蕤的树冠，

迎接暴风雨的来临……

呵，闪电，划碎了灰暗的天幕，

雷霆，把整个世界震动，

雨来了，雨来了，漫天泼洒的雨呵，

是苍空倾吐着久久郁积的苦闷！

草原在欢呼，森林在喊叫，

小溪在奔跑，江河在翻腾，

田野里，颤动起无数亮晶晶的琴弦，

和着雨，和着风，和着山谷的呼啸，

汇合成惊天动地的奇妙的声音……

我浑身透湿，我浑身颤抖，

却抑不住心灵深处溢出的欢欣，

柔韧的手臂在风雨中摇呵摇，

清凉的雨点滋润着一个绿色的梦……

哦，雨后，我想着雨后，

雨后将会有一片水灵灵的清新，

还有千点万点绿茵茵的新生……

哦，我感到身上一阵阵微微的胀痛，

那是芽，在暴风雨中悄然诞生……

二

我是一条欢乐的小鱼，

陶醉于雨后迷人的安宁。

游呵，我在河里无忧无虑地游，

河水，清得如同透明的水晶……

我还忍不住要蹦跳，

跳出水面，看一看河上的风景。

哦，一叶白帆，在我的前方飘，

悠悠然，像一朵乘风飞去的白云……

哦，一群大雁，在我头顶翱翔，

向北，向北，去迎候一个热闹的新春……

哦，一丝垂柳，在我身旁轻拂，

柳丝，牵着河畔无垠的原野，

绿浪在那里起伏，生命在那里竞争……

游呵，我追着白帆和大雁，

游过一片又一片覆盖着河面的绿荫……

Landscape near Chatou by Andre Derain
《察头附近的景观》 德朗

哦，我感到身上一阵阵微微的胀痛，
那是芽，在暴风雨中悄然诞生……

三

我是一只快活的蜜蜂，
萦飞于蓓蕾初绽的花林。
羽翼，透明而又晶莹，
扇动着一阵阵馥郁的清芬，
哦，绿色的风，缤纷的雨，
在我的周围轻轻飘萦，
没有烦恼，没有噪音，
只有弥漫着花香的宁静。
一股澄澈明净的蜜泉，
哼着一支叮叮咚咚的歌，
跟在我身后悠悠地流行……

四

哦，坐下来，睁大眼睛，
我是一个风尘仆仆的旅人！
多么美妙的大自然，
多么珍贵的宁静……
真想永远坐在这里，
把拐杖插进泥土，
让它长成一片会结果的树林，
把帽子甩到空中，
让它化作一群会唱歌的夜莺，

把风尘抖落在田野里，

让它们变成会发芽的种子，

萌发出永不凋零的绿荫⋯⋯

呵，天边，又隐隐地响起了雷声，

前方，或许会有更为神奇的风景！

于是我走，走向蕴积着云雨的远方，

让一行歪歪曲曲的脚印，

融进曾使我迷醉的园林⋯⋯

肖邦的心

题记：2016年的一个夏日，俄罗斯钢琴家安德烈·皮萨耶夫访华，与朗诵家曹雷女士联袂，献演"一夜肖邦"，演奏14首肖邦钢琴曲。应曹雷之约，写此诗，作为音乐会开场序诗。

一颗沉静忧伤的心
跳动在黑白琴键上
我看见它们化成晶莹的花瓣
从手指和琴弦中
绽放，飘舞，飞扬
飞向亲爱的故乡
飞向辽阔的世界
飞向那些向着他开放的心灵

他的心在自由自在地飞
音乐的翅膀拍击着风和云
这是天地间最优美的心声
满天繁星随之溅落
照亮了夜色迷蒙的原野山林
我听见冰山豁然开裂

Mademoiselle Didau at the Piano by Edgar Degas
《钢琴小姐迪道》 德加

一颗沉静忧伤的心
跳动在黑白琴键上
我看见它们化成晶莹的花瓣

冰雪的碎裂声在阳光下回萦

我看见鲜花竞相开放

春天的每一种颜色

都在传达他深挚的柔情

他的心在自由自在地飞

琴声曼妙化作水滴晶莹

时而轻柔似细雨绵绵

时而磅礴如大雨倾盆

雨丝是数不清的琴弦

在天地间尽情颤动

琴声中我听见万水喧哗

涓涓溪涧流进江河

浩浩江河汇入大海

大海，在音乐的急流中共鸣

是的，他有一颗诗人的心

一颗浪漫的心

一颗流浪的心

一颗永远思念着祖国的心

谁说这世界上没有他的归宿

在他的心声里

每一段旋律，每一次脉动

都是一次叶落归根

塞纳河的波光中

回荡着维斯瓦河幽远的涛声

香榭丽舍的树影里

涌动着华沙城无边无际的绿荫

他在他的夜曲里遥望波兰的明月

在他的圆舞曲中和故乡的村姑共舞

在他的玛祖卡中幽会梦中的精灵

他的心化成了深挚的琴声

每一个音符都是灵魂的化身

他的爱，他的恨

他的欢乐，他的忧伤

他的甜蜜，他的苦痛

他的至死不绝的思念

他的永不停止的追寻

所有的感情，所有的期盼

都隐藏在他优美深沉的心跳里

即便是绝望

也会化成

在黑暗中歌唱的夜莺

他的心声唤醒了沉睡者

也沉醉了无数倾听者的心灵

茫茫人海中

那些渴望自由，渴望爱的灵魂

追随着他高贵优雅的心跳

在寒夜里遇到篝火

在黑暗中看见光明

在漫长孤独的旅途中

听见亲爱的人在深情呼唤

故乡的炊烟正在远方袅袅飞升

一颗永不坠落的心

跳动在黑白琴键上

他的心在自由自在地飞

音乐的翅膀拍击着风和云

让我们一起静静地聆听

静静地聆听……

遐 思

——听柴科夫斯基《第一钢琴协奏曲》

一

几声庄严低沉的叩门，

震撼着倦慵迷蒙的心灵。

门紧锁，一片幽幽的昏晕，

弥漫在沉寂得太久的屋庭……

我醒了，我睁大眼睛，谛听：

一下，又一下，沉沉的叩门！

门外，有一个缤纷的世界啊，

然而，门，锁得太紧。

我走，我在屋里久久盘桓，

迷惘的脚步，迷惘的回声……

哦，我是从哪里走进来的？

我将如何走出这幽暗的迷宫？

啊，叩门，庄严低沉的叩门！

一缕微光在叩门声中悄然飘入，

飘上肩头，化作晶莹的羽翼，

携着我轻盈地飞升、飞升，

像峡谷的风，飞出狭窄的门缝……

二

浩瀚的荒原，无垠的碧野，

苍茫的群山，蓊郁的森林，

灰黄和翠绿之间，蜿蜒着一道白银，

——那是路，通向云烟氤氲的远方，

通向跋涉者心驰神往的梦境……

哦，我已经走进未来的世界？

不，更像是过去那遥远的时辰。

是的，我曾经从这里走过，

那些神话中的风云人物呵，

仿佛都在我身边飘然而行……

哦，那一个失去了脑袋的刑天，

舞着手中的干戚，依然那么起劲，

没有眼睛，他茫然无措地行，

没有思想，他机械一般地游行……

哦，那一个花容月貌的嫦娥，

郁积着厌世的惆怅飘向苍空，

天真稚憨的姑娘呵，你真以为

在寂寥的月宫里能求得心灵安宁？

呻吟，愤怒而又痛苦的呻吟，

那是被缚在山中的普罗米修斯呵，

惘然环顾着周围的积雪和冰凌。

他用生命窃得的温暖的火种

被埋进哪一个荒凉冷漠的岩洞？

只有胸膛上的伤口流着殷红的血，
空中，又扑下了凶残阴险的秃鹰……
喘息，急促而又深沉的喘息，
哦，是渴倒在路旁的夸父，
怅惘地仰望着中天喷火的日轮，
手指，深深地扣进焦裂的土地，
一根手杖，化作了郁郁葱葱的绿林……

三

于是，从天空中传来快活的笑声，
哦，狄安娜，这骄妄的智慧女神，
是在嗤笑人世间的蒙昧和愚蠢？
是在讥讽探索者的脆弱和无能？
于是，大地上炸响沉闷的雷霆，
仿佛是不满和愤懑的发泄，
汇合成混浊汹涌的滔滔洪波，
轰隆隆地奔流，轰隆隆地滚动，
淹没了沉默无声的茫茫人群……
哦，一片腥红的云雾旋舞着飞来，
牵引出一阵奇异而又亢奋的足音。
我看见，后羿和赫拉克勒斯

　　相继从紫雾中挺身而起，
年轻的臂膀，拉开巨大的强弓，
两轮满月，高悬于混沌之中。

刚劲的弓弦在颤动、呼啸，

那金属的巨响，震撼着大地和天空……

箭呵，箭呵，呼啸着飞向远方，

飞呵，飞呵，刺破那万里阴云……

浊流的喧嚷在鸣镝飞出之际沉寂了，

沉寂中，期待着谁的来临？

只有一只美丽的小鸟唱着歌飞来，

口里衔着泥土，还有一颗希望的种子，

不倦地在波涛和高山间来回飞行……

哦，精卫鸟，这纯真的少女的精灵，

她柔弱，翅膀怎能抵挡凛厉的风？

她瘦小，身躯怎能承受长途的行程？

然而她飞，坚忍地飞，飞去又飞回，

一曲心歌，永远在天地间飘萦……

四

世界变得多么平静！世界呵，

充满着色彩和生机的世界，

清晰地映进我明亮的眼睛。

森林，经历过火烧和冰冻的森林，

枯槁的枝干上爆出了生命的嫩芽，

青枝玉叶，在阳光下舒展蔓延，

像不可阻挡的清泉，流进沙漠和荒原，

无数新的萌芽在那里蓬勃诞生，

化成清新的绿，化成五彩缤纷，

哦，一种色彩就是一支歌呵，

连风，也奏起柔曼轻快的排琴……

我仿佛踏上一片金色的沙滩，

身后是花园，前面是海洋，

海洋，广袤而又平和的海洋呵，

澄澈得如同透明莹洁的水晶，

轻柔的碧波清理着衰老的废墟，

也洗净了陈腐污浊的血腥……

人呢？人都到哪里去了？

哦，从黄色的玫瑰丛里，

从果实累累的思想之树上，

从连通高山和大海的桥梁间，

从连接理想和现实的大道上，

传来了人们欢乐而又充实的歌声……

一切痛苦和动荡都消散了，

只留下平静的世界和蓬勃的生命。

还有一片可望可即的辉煌远景……

五

叩门，庄严激越的叩门，

回荡在失去了平衡的楼庭。

哦，现在，是我在叩门呵，

我用全部的心力叩打着，

要打开那一扇通向未来的大门！

哪怕门外潜伏着狮身人面的斯芬克斯，

我也要毫不犹豫地走出去，

并准备回答他的一切提问！

哪怕门外是一座漆黑的地狱，

我也要义无反顾地冲过去，

冲过了黑暗，一定能看见天堂的光明！

啊，叩门，庄严激越的叩门！

我要让整个世界都能听到，

听到这昂扬发奋的叩门之声！

◀ p213 *Bend in the Road through the Forest* by Paul Cézanne
《森林中蜿蜒的小路》 塞尚

灰黄和翠绿之间，蜿蜒着一道白银，
——那是路，通向云烟氤氲的远方，
……

音乐诗履

巴赫的指痕

汉堡圣扬克比教堂中，依然完好保存着巴赫弹奏过的管风琴。

管风琴依然高悬在斑驳之壁
金属光泽映射远去的光阴
巴赫曾在此迎送晨昏日月
琴键上应该还有大师的指痕
耶和华凝视过那双灵动的手
目光中是否会流露诧异钦敬
与其说是在向上天祈祷忏悔
不如说是在倾吐自己的心灵
人间的琴音无法传进天庭
却能敲动无数凡人的灵魂
古老的殿堂至今还在等候
窗外飘来幽远沉静的钟声

访莫扎特故居

　　萨尔茨堡古城的粮食街上，有莫扎特故居。1756 年，莫扎特出生于此，并在这里度过童年。

窗台上停留着最后一抹斜阳
窗外依然是两百年前的风景
古老的钢琴在时光中沉寂
小提琴上还留着神童的指纹
油画中那些目光多么殷切
乐谱上的笔迹是灵感录影
老墙斑驳彷佛镶满神奇音符
地板凹凸镌刻着故人足音
每一间屋子都敞开着房门
每一扇房门都迎接天堂的和声
音乐如风，游荡在每一个角落
一支魔笛在幽暗中吹奏光明

勃拉姆斯的凝视

　　勃拉姆斯的出生地，是汉堡城里一个绿荫覆盖的花园。音乐家的铜像伫立在街边，凝视着过往的行人。

金属的目光，却并不冷漠
肃穆的眼神，却蕴涵温情
耳畔轰然响起《德意志安魂曲》

The Terrace, Sun, Gerberoy by Henri Le Sidaner
《阳台、阳光、沙堡》 塞蒂纳

人间的琴音无法传进天庭
却能鼓动无数凡人的灵魂
古老的殿堂至今还在等候
窗外飘来幽远沉静的钟声

音乐如百川奔海咆哮而宁静

停一下飘忽轻浮的脚步吧

在凝视中让清凉漫过躁动的心

我看见他沉思的眼神里闪着泪光

那是在寻觅在守望更在憧憬

世界原本是一片荒凉废墟

音乐泉涌滋润了龟裂的灵魂

耕耘者含泪播下的种子

必定会开出奇美的花

照亮人间那些目光黯淡的眼睛

施特劳斯在花丛中

维也纳音乐广场中有约翰·施特劳斯持琴雕塑，拜谒者络绎不绝。

金身耀眼却不是缥缈的神灵

肩头小提琴正在暮霭中奏鸣

琴弦上翩跹着蝴蝶和落叶

身边正旋舞维也纳典雅的风景

心灵有歌，歌有欢悦有悲凉

生存如舞，舞有升华有沉沦

盛宴之后总有落寞和寂寥

舞者泪血是乐曲苦涩的余音

圆舞曲就这样定格在花丛里

戛然而止时才体悟长梦人生

永远的琴声

——纪念在"文革"中死于非命的女钢琴家顾圣婴

她的琴声像流动的阳光

抚照过春天的田野和山林

她的琴声也像汹涌的春水

冲开阻隔人心的藩篱围墙

高举起金光灿灿的奖牌

让全世界为年轻的中国喝彩

虽然没有写过一行诗句

她却是一个真正的诗人

那些发自灵魂的歌唱

把无数人的心弦拨动

在黑白的琴键上舞蹈的手指

一次一次开启天堂之门

琴声引领着憧憬的心飞行

一颗光芒四射的流星

燃烧自身照亮昏昏夜空

肉体会消失,生命会枯萎

美妙的音乐却永远活着

活在热爱艺术的人群

活在向往美好的心灵

地久天长，绵绵无尽

岁月不可能把往事掩埋

记忆像种子，在历史的土壤里

生根，发芽，长叶，开花

结出含义缤纷的累累果实

谁说那美妙的琴声已经中断

她的名字已和音乐连在一起

音乐不绝，她的名字就不朽

此刻，她还在为我们弹琴

琴声依然如诗如水如春风如阳光

千回百转，倾诉对生命的热情 🌸

Girls at the Piano by Pierre-Auguste Renoir　　▶ p221
《钢琴前的女孩》 雷诺阿

在黑白的琴键上舞蹈的手指
一次一次开启天堂之门

丝路仙踪

　　大提琴家马友友与丝路合奏团献演上海，乐声诡秘莫测，令听众如入梦境。

汉唐歌谣飘飘袅袅
在戈壁草原时续时断
骆驼脚印深深浅浅
在茫茫沙漠忽隐忽现
落日刚刚被风尘吞没
篝火又托出一轮皓月

寄情于路边幽草
一茎半星暗绿
却昭示远方无边春景
托梦给高天孤鹰
只要翅膀未折
谁能阻断寻求之路

火光中舞者目光迷离
手鼓在召唤远古游魂
一缕炊烟悠然飘升

化作飞天蹁跹

夜空中鲜花如雨

芬芳七色撒遍梦境

东方和西方的神灵

在星空下悄然邂逅

眼神里凝集着惊愕

谁能翻译他们的交谈

且问徘徊不定的漠风

且问亘古不变的月色

乘着歌声的翅膀

——听黄英独唱音乐会有感

女高音歌唱家黄英是中国人的骄傲。她的名字，在国际乐坛上已经广为人知。她的歌声犹如百灵鸟，在空中传播着中国艺术家的智慧和才华。上海东方电视台导演滕俊杰为这位优秀的女高音歌唱家拍摄了我国第一部美声唱法的 MV《心韵》。应滕俊杰之约，为这部电视片写了一些和音乐内容有关的诗。在创作诗歌时，黄英多次来我家，向我倾诉她对音乐的理解。我也因此而对歌唱艺术增长了见识。《心韵》播出后，受到国内外爱乐者的称赞。我的这些诗句，是在黄英的歌声中生发出的思索和联想。

一

轻轻的，幽幽的，从宁静的心田里飘出
辽阔的天地中顿时回旋起美妙的声音
打开灵魂的门窗吧，让这声音飘进来
一瞬间的陶醉将引出悠长无尽的回声
来呀，放飞你心中的云雀和百灵鸟
随歌声飞向天南海北，飞向浩瀚的心灵
人世间的喧嚣都会烟消云散

只有这轻轻的幽幽的歌声永存

二

母亲告诉我：假如学会用心灵唱歌

在这个世界上你就不会孤独

即使所有的朋友都拂袖而去

你的生命里依然能回响着美丽的歌

只要真挚的心还在跳动，这歌就不会消失

三

我的歌声是一只轻盈的燕子

在春天的暖风中自由自在飞行

如果天空弥漫着阴云雨雾

我用歌声的双翼为你剪裁出万里晴空

你看，阳光下花蕾微笑，芳草青青

四

会唱歌的心灵永远不会衰老

青春在美妙的歌声中停住脚步

回眸一笑，唤醒了悠悠岁月

目光像清泉流淌出深情的音符

歌声把陌生的心灵融合成碧波荡漾的湖泊

五

让心中所有美丽的愿望都长上翅膀

随我的歌声飞向四面八方

乘着歌声的翅膀可以飞抵天涯海角

从飘渺的古代一直到奇妙的未来……

只要歌声在飘扬，我的心儿就振翅翱翔

六

说不清世界上有多少条路

数不清路上有多少人

只要心里珍藏着爱

不管是通天大道还是羊肠小径

只要走着，都能找到迷人的风景

七

当夜色悄悄把迷茫的大地笼罩

我的歌声是月光在黑暗中飞飘

如果沉寂像高墙把自由的心灵封锁

我的歌声也会变成划破夜空的闪电

照亮每一双渴望光明的眼睛

八

在掌声和鲜花的海洋里

我晶莹的视线中充满了你们的笑容

亲爱的老师啊，是你们用心血和爱

把我一步一步引上人生和艺术的舞台

此刻，我只能用歌声报答你们的奉献

九

冬日的冰雪不会永远覆盖在心头

融雪的微声正迎接春天来临

我的歌声就像春风的手指

一阵又一阵拨动你心中的琴弦

让所有的心灵都在这歌声中颤动吧

有谁能挡住春天轻盈而强大的脚步

◂ p226　*Bohemian Landscape with Mount Millsheauer* by Caspar David Friedrich
《波希米亚景观与米尔斯劳尔山》（局部）　弗里德里希

辽阔的天地中顿时回旋起美妙的声音
打开灵魂的门窗吧，让这声音飘进来
一瞬间的陶醉将引出悠长无尽的回声

梦想之帘

十八岁的中国青年钢琴家李云迪，荣获肖邦钢琴大赛金奖，举世惊叹。听李云迪"肖邦作品钢琴独奏音乐会"，为其才情折服。

多么神奇
波兰的钢琴诗圣
在一个中国少年手指上
神采飞扬地复活

琴如飞船
穿越星辰日月
梦想之手
不慌不忙拉开梦乡帘幕
且看原野花团锦簇
天使在泉边把翅膀洗濯

心在天上翔舞
天在心里凝缩
天人合一成飘动云朵
清风徐来

彩云化雨

漫天晶莹如群星坠落

为何忧伤像冰山崩塌

憧憬如游丝绵绵飘忽

游子纵有黄金桂冠

思念总是如泣如诉

琴声敲开天堂之门

把不安的灵魂抚摸

Field of Yellow Irises at Giverny by Claude Monet
《莫奈吉维尼的黄色鸢尾花田》 莫奈

且看原野花团锦簇

歌

在新疆，耳畔时闻歌声。在这里，我才懂得，唱歌对于生命的意义。一位哈萨克族阿肯（歌手）用歌声告诉我——

母亲给我一副嗓子为了什么
为了唱歌，为了唱歌
只要活在世上我的歌声就不会喑哑
生下来就唱，临死时还唱
走在翠绿的田野上我要唱歌
坐在芳香的果园里我要唱歌
骑着奔驰的骏马我要唱歌
牵着疲惫的骆驼我要唱歌
欢乐的时候我微笑着唱歌
悲伤的时候我流着泪唱歌
迷路的时候我用歌声寻路
饥渴的时候我用歌声解渴
我的歌声和伊犁河一样悠长
伊犁河不断，我的歌声也不断
可以没有酒，没有馕
可以没有温暖柔软的炕床

不能没有歌声

不能没有歌声呵

我的歌声是鹰的翅膀

我的歌声是马的四蹄

我的歌声是树上绿色的叶

我的歌声是湖里蓝色的水

歌声是我生命的血液

歌声是我灵魂的形象

母亲给我一副嗓子为了什么

为了唱歌，为了唱歌

落日沉钟

　　莫斯科斯坦尼斯拉夫斯基和涅米罗维奇-丹钦科音乐剧院芭蕾舞团在上海大剧院演出芭蕾舞剧《巴黎圣母院》，将熟悉的故事演绎得惊心动魄，发人深思。

　　冷漠的黑袍下
　　凡心蠢动，欲望如炽
　　欲求可以化成火
　　焚毁虚伪的道德楼阁
　　也可以凝成剑刃
　　将情敌刺杀在血泊中
　　非分的幻想
　　在圣像庄严的凝视下
　　蛇一样游弋

　　天仙化成了卑贱的民女
　　民女却比天仙更难征服
　　美丽可以飘进众人视野
　　却永远无法被强占
　　兽爪当然可以折断鲜花
　　鲜花落地，归属是泥土

泥土哺育了地上所有美色

也把被摧毁的落花接纳

真正的美色不会凋谢

视线和记忆把她镌刻在心灵之壁

善良在泣血的挣扎中升华

尽管他外貌丑陋如夜叉

且听圣母院钟声如古

落日正在被塞纳河融化 🌸

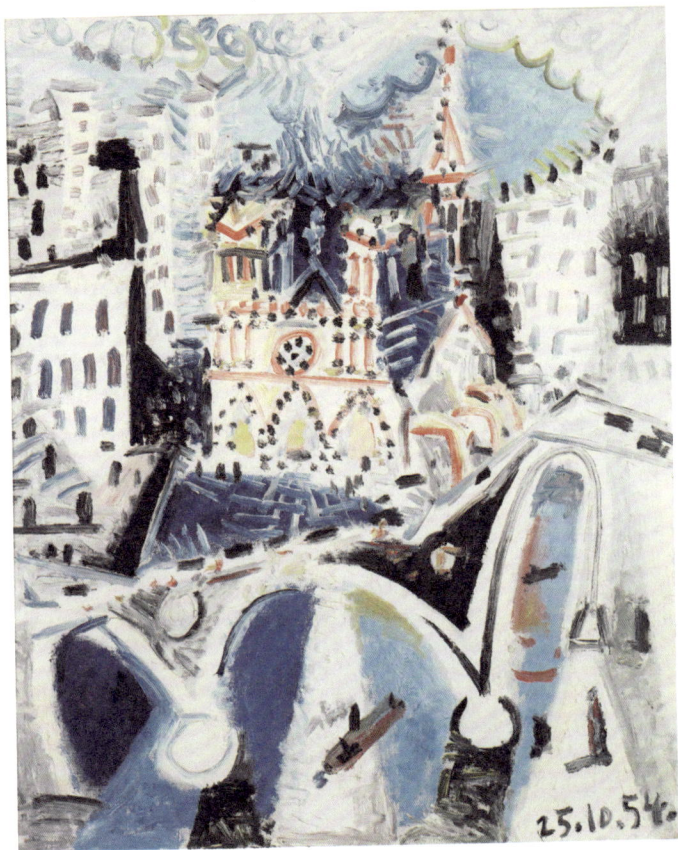

Notre-Dame de Paris by Pablo Picasso

《巴黎圣母院》 毕加索

且听圣母院钟声如古
落日正在被塞纳河融化

音乐散步

近来，每天晚上我都会在延安路高架边的花园里散步。夜晚花园里少人，尤其是天寒之时，约会的恋人也不在这里停留。而散步，这里是好地方。沿着林中曲径疾步行走，我踏遍了花园中的每一个角落，认识了路边的每一株花木，还有灌木丛中的一群野猫。行走时，尽管可以让思绪随夜风飞扬，但一圈一圈地走，总有些寂寞，我想到让音乐作我的散步伴侣。方法很简单，带一台随身听，每次散步，听一盘 CD 唱片。踏进夜色迷蒙的花园，音乐就在耳畔响起。音乐是何等奇妙，它们永不重复，每次聆听，都会有变化，因为听者的心情不一样，周围的环境也可能不同。它们时而激越，时而温柔，时而如涛声轰鸣，时而如微风和煦，时而如壮士的高声呐喊，时而如情人的委婉倾诉……

音乐伴我行走，身体和灵魂都被神奇的旋律笼罩，那是全身心的沉浸。

1

2003 年 4 月 6 日。晴。听巴赫的无伴奏大提琴组曲。演奏者是俄罗斯大提琴家罗斯特洛波维奇，由 EMI 公司录制于 1995 年。一把大提琴，孤独地在黑暗中鸣响一个多小时，如同一个沉思者优美而饱含忧伤的吟唱，不时拨动我的心弦。对巴赫来说，写这样的曲子时，心情大概和写交响曲和协奏曲完全不一样，这是静夜里一个人的冥想。他想起了什么？是从小就困扰着他的那些百思而不得其解的疑问？是迷离飘忽而无望的爱情？是梦中听见远去的故人在低声叹息？是走出教堂后看见人间的炊烟在天上飘舞？是幽密山林中没有结果的追寻？是孤身一人在湖波中游泳，湖水冰凉，必须奋力击水，才能游向远方朦胧的湖岸……他是否想起这些，我不知道，也许都是，也许都不是。

罗斯特洛波维奇我见过一次，也听过他的一场演出，虽然已过去好几年，至今记忆犹新，仿佛就在眼前。那晚他拉的是海顿和德伏夏克的大提琴协奏曲，站在他身旁指挥的是小泽征尔。拉完了节目单上的曲子，在无法停息的掌声中，他加演了巴赫的无伴奏大提琴曲，是这盘 CD 唱片中的一段。此刻听他的琴声，眼前自然出现他拉琴的形象，出现他那双灵活的手，出现那把在四根弦上滑行蹦跳的弓……

走出花园时，抬头但见新月如钩，挂在晃动的树梢上，悬在灯火通明的大楼腰间，这是神秘而又奇妙的景象。

2

4 月 7 日，有薄云。昨天听大提琴，今天听小号。那是日本一家唱片公司翻录的一张苏联唱片，演奏者是俄罗斯天才的小号手多克谢特沙，由莫斯科室内管弦乐团伴奏。两首小号协奏曲，都是《降 E 大调小号协奏曲》，一首是海顿的，另一首是胡梅尔的，是我熟悉的曲子，从前曾无数次听过。海顿的这首小号协奏曲，是小号曲中的经典之作，表达的是一种优雅平和的情绪，但也有激愤和忧郁掺杂其中，就像一个绅士漫步山林，本想保持着他的优雅风度，却被脚下的崎岖所扰，引出心中的愤懑。这是真实的人生和艺术家生涯的状态。穿着宫廷服装的海顿，其实心态和宫廷外的平头百姓一样。这曲子中，有婉转的倾吐，有低回的沉思，也有高亢的呼喊。大概世界上所有小号演奏家都吹过这曲子，我收藏的就有三种不同的版本。而胡梅尔的曲子，似乎更为开阔明朗，激情更甚于海顿。胡梅尔和海顿是同时代人，都是 18 世纪重要的作曲家。胡梅尔生前身后的名声都远不如海顿，存世的作品也少得多。这两首小号协奏曲，创作的年代相隔不远，海顿在前（1796 年），胡梅尔在后（1803 年），它们的命运却大相径庭。海顿的曲子自问世以后便被无数人演奏，成为两个世纪来最有名的小号协奏曲。而胡梅尔的这支协奏曲，却默默地在他的曲

The Walk (Falling Leaves) by Vincent van Gogh
《散步（落叶纷飞）》 凡·高

▶ p243

沿着林中曲径疾步行走，
我踏遍了花园中的每一个角落，
认识了路边的每一株花木……

谱稿中沉睡了一百五十余年。1958 年，美国小号演奏家阿曼多·奇塔拉首演了这支协奏曲，当时的反响，如同石破天惊，所有人都惊异，如此美妙的作品，为什么会沉寂这么久？我没有听过奇塔拉的演奏，他已经在很多年前去世。我想，作为一个音乐家，他发现了胡梅尔的这部遗作，并向世人展现了它的非同凡响，就凭这一点，他就应该名垂千古。而在他的艺术生涯中，最重要的事件，就是首演胡梅尔的小号协奏曲。因为奇塔拉，这首曲子不胫而走，成为小号手们最喜欢的作品，它的旋律，也成为人类最熟悉的美妙旋律之一。也许，在古典作曲家写的小号曲中，这两首《降 E 大调小号协奏曲》是两座比肩的高峰。

我不知道用什么来形容多克谢特沙的演奏，他那把小号的音质，是其他小号手所没有的，他的风格，既有将军的狂野和锐气，也有文人的清灵和细腻，在他的号声中，彷佛有一个伟汉顶天立地，昂然独立，俯瞰天下，正用他骄傲而独特的声音指点江山。那两首协奏曲有几段无伴奏的小号独白，飘忽在高音区的号声晶莹而圣洁，如一把钻石在阳光下飞撒而过……

今晚有雾，夜空中看不见星星，那一弯新月也显得朦胧不清。但听着多克谢特沙的小号，犹如看见一道道耀眼的光剑从眼前划过，劈碎了黑暗和云雾。

3

4 月 8 日。有薄云。今天还是听多克谢特沙的小号。是另一张唱片，题为 *His Favorites*（《他最喜欢的曲子》），其中有巴赫、亨德尔、柴科夫斯基、萨拉萨蒂的作品。看来这是多克谢特沙自己选择的曲目，是他拿手之作的集锦。柴科夫斯基为芭蕾舞剧《天鹅湖》写的舞曲，被他演绎得神圣而庄严，如一条宽广的河流在辽阔大地缓缓流淌，小号的声音是河面的波光，是太阳在浪花间的反射，是金属互相撞击后发出的悠远清亮的回声，令人神往。舞曲之后是巴哈的 *Ave Maria*，这是对圣洁的玛丽亚的赞美，缓慢的节奏，如泣如诉，将心中的赞叹和感激展现得平静坦诚，令人感动。再下面是改编自亨德尔《D 大调小提琴奏鸣曲》的一段抒情慢板，优美而略带伤感，和巴哈的玛丽亚属于同一种情绪。🎸

致音乐

——代跋

你是谁？为什么我看不见你，而你却那么奇妙地跟随着我，使我无法离开你？你融化在空气里，弥漫在阳光里，流动在时光的脚步声中，你使我的心灵变成了一根琴弦，久久地颤动……

你时而像长江大河汹涌而来，我的灵魂如同一叶小舟，被你的波浪簇拥着，在呼啸的浪涛声中作激动人心的旅行……

你时而如涓涓细流，从幽静的山林中娓娓而来，在你清澈的涟漪中，我照见了自己疲惫的面容，你用清凉的流水，洗濯着我身上的尘土……我怎能不在你的身边流连忘返呢？

你时而像春天的风，从四面八方向我吹来，使我感到温暖和湿润。在你奇妙的风中，我成了一只风筝，被你高高地吹到了空中。你使我看到，这个世界是多么辽阔！

你时而像划破夜空的闪电，突然在我的周围发出耀眼的光芒。如果我曾因为黑暗而恐惧，因为夜的漫长而焦虑不安，在看到你的神奇的光芒之后，我便会很平静地面对黑暗，我相信你光明的昭示宣判了黑暗的短暂。

在我的无数朋友中间，没有一个朋友像你那样忠实。

只要认识了你，你就会永久地留在我的心里，岁月的流逝无法把你的形象冲淡。如果心里有一扇门的话，这门对你永远不会关闭。在寂寞时，你的到来会给我带来欢声；在痛苦时，你的出现会使我平静；在烦躁时，你会轻轻地抚摸我，把我引入心静如水的境界；在黯淡而慵懒的时刻，你会用激昂的声音大声提醒我：一切都只是刚刚开始，往前走啊！

　　哦，我亲爱的朋友，我愿意被你引导着，去寻找我心中憧憬的妙境…… 🌸

◂ p247

Rest along the Stream Edge of the Wook
by Alfred Sisley
《沿河休息》（局部）　西斯莱

你时而如涓涓细流，从幽静的山林中娓娓而来，
在你清澈的涟漪中，我照见了自己疲惫的面容，
你用清凉的流水，洗濯着我身上的尘土……